Joana Peters

Unterdrückte Sehnsüchte

Autobiografischer Roman

Ab 18 Jahre

BOOKS on DEMAND

Joana Peters

Unterdrückte Sehnsüchte

Autobiografischer Roman

Ab 18 Jahre

Bibliografische Information der Deutschen Nationalbibliothek:

Die Deutsche Nationalbibliothek verzeichnet diese Publikation in der Deutschen Nationalbibliografie; detaillierte bibliografische Daten sind im Internet über http://dnb.dnb.de abrufbar.

© 2020 Joana Peters 2. Auflage

Illustration: Joana Peters

Covergestaltung: Joana Peters

Textgestaltung: Joana Peters

Bildnachweis: Aus Privatbesitz von Joana Peters

Herstellung und Verlag: BoD – Books on Demand, Norderstedt

ISBN.: 9783748111078

Alle Rechte zum Buch liegen bei Joana Peters

www.joanapeters.de

Inhaltsverzeichnis

Vernunft

ist im Leben nicht immer ein guter Wegbegleiter.
Conny opferte dreißig Jahre ihres Lebens für eine Vernunftehe im
Wohlstand und Luxus.

Bis sie sich gegen ihre unterdrückten Sehnsüchte
nicht mehr wehren konnte.

Dieser autobiografische Roman ist ein Plädoyer
für Ehrlichkeit,
Akzeptanz und Toleranz.

Für das Miteinander, statt gegeneinander,
auch wenn man sich nach mehr als drei Jahrzehnten Ehe trennt!

Nach einer wahren Begebenheit
gewürzt mit heißer Erotik,
sehr viel Gefühl und Emotionen!

Kapitel 1

Unterdrückte Sehnsüchte

Conny ist neunundvierzig Jahre alt, Hausfrau und mit Max, einem sehr erfolgreichen Rechtsanwalt seit neunundzwanzig Jahren verheiratet. Ihre Ehe verläuft sehr geordnet und strukturiert. Seit Jahren geht Max morgens in seine Kanzlei, sobald er Feierabend hat, steigt er in seine Wohlfühlklamotten, geht seinem Hobby, dem Fußball nach oder arbeitet zu Hause für seine Klienten weiter. Connys Hauptaufgabe war es seit der Geburt des gemeinsamen Sohnes, in erster Linie Mutter zu sein. Sich um den gesamten Haushalt, ihres Mannes Gäste, die zu seiner Karriere als Rechtsanwalt beigetragen haben, zu bewirten und um alle familiären Anliegen sich zu kümmern.

Während Peters Schulzeit und später im Studium, ihm den Rücken freizuhalten. Peter ist jetzt achtundzwanzig Jahre alt und hat den Beruf eines Architekten gewählt.

Immer wieder musste sie sich als gutaussehende und perfekte Ehefrau, an der Seite ihres Mannes zu Veranstaltungen und Einladungen präsentieren, um nach außen zu zeigen, eine der glücklichsten Ehen über all die Jahre zu führen.

Connys Freundinnen kamen alle aus diesen Kreisen.

Entweder waren es Frauen von Anwälten oder Ärzten. Man verbrachte oft sehr viel Zeit miteinander. Das sind alles sehr moderne Frauen, die sich mit sehr viel Sport und einer gesunden Ernährung auf ihre Figur achten. Ein gepflegtes Äußeres ist ihnen sehr wichtig. Gern kaufen diese Damen in Boutiquen ein. Dass alles macht die prall gefüllte Kreditkarte ihrer Männer möglich. Doch mit diesen Freundinnen würde Conny sich niemals über ihre privaten Probleme unterhalten.

Im Grunde ist sie auch mit dem zufrieden, so wie es ist. Sie hat sich an ein sorgen- und stressfreies Leben gewöhnt. Wenn da nicht ständig der unerlässliche Drang nach gutem Sex bestände. In ihrer Ehe ist dieses Thema noch nie so wichtig gewesen. Anstand und Vernunft standen immer im Vordergrund. Max ihr Ehemann weiß nichts von Connys sexuellen Träumen und Wünschen.

Sehr oft hatte sie sich schon erträumt, wenn sie ganz allein in ihrem Bett lag, wie es wohl wäre, wenn sie einen stillen Liebhaber hätte, wenn er jetzt neben ihr liegen und dieser Mann ihre sexuellen Bedürfnisse befriedigen würde. Sie träumte immer wieder davon, wie sie sich mit einem Mann bei einem Waldspaziergang, in einem Thermalbad oder nach einem wunderschönen gemeinsamen Abend, alle ihre sexuellen Wünsche erfüllt. Oft glaubte sie, es sei abnormal, nach welchen Spielchen zu zweit sie sich so sehr sehnte.

Doch weiß sie auch, dass das ganz menschlich ist. Sie beneidet jedes Paar, die sich hemmungslos lieben können, oder sogar ab und an einmal zusammen in einen Erotik-Club gehen, um da ihre Bedürfnisse auszuleben. Wenn sie das nur mit ihrem Mann Max könnte, dann wäre der Wunsch nach einem Liebhaber nie da. Doch in dieser Beziehung kann sie mit ihrem Mann nicht reden.

Der Gedanke, sich irgendwann einen Lover zu zulegen, machte ihr aber Angst, dass ihr Mann dahinterkommen und sich von ihr deshalb trennen würde.

Der April 2012 hatte schon sehr viele sonnige Tage zu bieten. Conny machte es sich wie so oft um die Mittagszeit auf ihrer Terrasse gemütlich, um sich splitternackt zu sonnen.
Genau jetzt wünschte sie sich, ihren Mann bei sich zu haben. Mit ihm zusammen nackt in der Sonne zu liegen, die Frühlingsgefühle mit ihm zusammen erleben und diese mit einem hemmungslosen Sex auszuleben.
Doch der Alltag und die gute Erziehung ihres Mannes erlauben das niemals. Max wird erst spät am Abend nach Haus kommen, dann ist er müde und abgearbeitet. Dazu würde er sich solch einem Abenteuer nie hingeben.

Ihr liefen Tränen über ihr Gesicht, sie wurde völlig traurig darüber, dass sie so allein war in diesem sehr schönen Moment.

Conny zog sich etwas Leichtes über und ging ins Haus. Sie machte sich einen Kaffee und versuchte ihren Mann telefonisch zu erreichen. Sie wollte ihn bitten an diesem Abend etwas früher nach Hause zu kommen, damit die beiden sich seit sehr langer Zeit wieder einmal einen wundervollen Abend machen könnten.

Aber leider, so wie es schon seit vielen Jahren ist, die Termine waren an diesem Tag zu viele, um etwas früher Feierabend zu machen.

Unter Tränen stand sie vorm Spiegel und betrachtete ihren Körper, sie streichelte sich über ihre Brüste, dann hinunter zu ihrem empfindlichsten Körperteil, ihrer Höhle der unendlichen Sehnsucht. Immer mehr Tränen flossen ihr über das Gesicht.

Conny wollte doch ihren Mann nicht betrügen, doch ihre Wünsche nach hemmungslosen Sex waren zu stark.

Jetzt wird sie bald fünfzig Jahre alt sein, sie fragte sich, soll das nun schon alles gewesen im Leben. Mann, Kind und Haus?

Nein, Conny wollte mehr!

Jetzt fasste sie einen Entschluss, einen der ihr Leben verändern sollte. Sie stand vor dem Spiegel und sagte zu sich selbst:

„Gut, ich werde mir jetzt wie so viele Frauen einen Lover suchen!"

In ihrer tiefen Verzweiflung, immer ihre sexuellen Bedürfnisse hinter den Alltag stellen zu müssen, überlegte sie sich, was sie von einem stillen Liebhaber, mit dem sie ihre tiefsten Wünsche und Träume ausleben möchte, erwarten würde.

Er sollte tageslichttauglich sein, was er für einen Beruf ausübte, war ihr nicht so wichtig, nur wollte Conny mit ihm auch gute Gespräche führen können. Er sollte, wenn möglich bis zu einhundert Kilometer von ihr entfernt wohnen, da es ihr sonst zu gefährlich wäre, ertappt zu werden. Sauberkeit, Ehrlichkeit und Zuverlässigkeit setzt sie als Erstes voraus. Ihr großer Wunsch war es, mit ein und demselben Partner eventuell eine sehr lange Affäre genießen zu können. Ihre Meinung dazu begründete sie sich selbst damit, dass man sich nur sexuell völlig fallen und sich dem Gegenüber unterwerfen kann, wenn man auch Vertrauen zu diesem Menschen hat. Ihr war völlig klar, dass sie niemals Spaß an einem schnellen Sex ohne Gefühle haben könnte, dazu wäre sie sich einfach zu schade.

Doch woher sollte sie auf die Schnelle einen Liebhaber nehmen. Der einzige Weg erschien ihr über das Internet. Zu bekannt seien ihr Mann und sie in der Umgebung, in jedem guten Restaurant oder Bars weiß man, wer Conny ist.

Sie setzte sich an ihren Computer und meldete sich auf einer bekannten Partnerseite unter dem Namen Karla an. Conny war völlig klar, was sie da tat. Auch der Wohnort sollte ein anderer sein. Sie wusste ganz genau, wenn ihr Mann dahinterkommen würde, dass sie eine Affäre sucht, dann ist er sofort weg. Doch ihre Start- und Landebahn für einen Lover aufgeben, kam für sie auf keinen Fall in Frage.

Bis sie sich in diese Seite eingearbeitet hatte, verging eine halbe Stunde. In dieser Zeit bekam sie schon sehr viele Männern Anschriften. Sie wunderte sich, woher so viele Männer auf einmal wussten, dass sich eine neue Frau angemeldet hatte.

Die ersten Anfragen ähnelten sich immer.

„Hallo, was suchst du, bist du verheiratet, wie siehst du aus, hast du große Brüste, brauchst du Sex, kann ich dich heute noch treffen?"

Manche Männer waren so dreist und schrieben ihr gleich, dass sie wichtige Geschäftsleute sind, die in ihrer Gegend beruflich zu tun hätten und immer für ein neues Abenteuer bereit wären.

Jetzt kam bei Conny die erste Ernüchterung, sie war fassungslos über solche direkten Fragen von Männern, die sie nicht einmal kannte. Es kamen ganz direkte Anfragen, von Typen, die gerade einmal zwanzig Jahre alt waren. Jetzt lachte Conny und sagte zu sich selbst: *„He Junge ich soll dich wohl in Sachen Sex etwas an-lernen."*

Sehr schnell hatte sie begriffen, dass dies alles keine Art und Weise ist, zu einer wirklich ehrlichen Affäre zu kommen.

Die nächsten Tage waren ihr Postfach voll mit Anfragen, viele Männer wollten immer um die Mittagszeit mit ihr chatten. Die Zeit, in denen in vielen Büros Pause ist.

Andere Typen loggten sich regelmäßig am Abend gegen zweiund-zwanzig Uhr auf diese Seite ein. Ganz locker meinten sie:

„Jetzt kann ich mit dir hemmungslos über Sex im Chat schreiben und selbst Hand anlegen, meine Frau ist zu Bett."

Oh Gott, dachte sich Conny nach diesen Anschriften, wo bin ich hier hingeraten? Sie war sehr froh, dass sie zu dieser Zeit falsche Angaben über ihre Person gemacht hatte, auch das es von ihr auf dieser Seite noch kein Bild gab. Doch sie gab nicht auf, sie hoffte immer wieder, dass es auch noch ordentliche Männer geben würde, die aus irgendeinem Grund, dasselbe suchten wie sie.

Nach etwa zwei Wochen, sie loggte sich nur noch ab und an ein-mal in dieser Partnervermittlung ein, sah sie das ein Mann, der ihr auf den ersten Blick supergut gefallen hatte, angeschrieben hatte.

Er nannte sich Jimmy, etwa 180 cm., graue, kurze Haare, sportliche Figur, braun gebrannt. Er stand in einem hellblauen Shirt und einer dreiviertellangen Jeans, in Korfu auf einem kleinen Hügel. Sein Blick schweifte verträumt und sehnsüchtig in die Ferne.

Conny sah sich dieses Bild sehr lange an. Sein Gesichtsausdruck verriet ihr, dass dieser Mann ebenfalls unerfüllte sexuelle Wünsche und Träume hat. Seine Zeilen, die er ihr schrieb, waren irgendwie ganz anders, als die der anderen notgeilen Männer.

Ihr Herz schlug schneller, sie erwischte sich dabei, wie sie schmunzelte und sich sehr freute. Sollte dies der Mann sein, mit dem sie ihre sexuellen Träume ausleben möchte?

Er fragte nicht gleich so direkt, in seinen Zeilen war sehr viel Anstand zu lesen. Das gefiel Conny. Völlig nervös antwortete sie ihm. Mit Herzklopfen sendete sie an Jimmy die erste Nachricht ab und es dauerte keine zwei Minuten, als er sofort geantwortet hatte. Er schlug ihr vor, über das E-Mail-Postfach zu schreiben. Das war einfacher. Sofort tauschten sie ihre Mail-Adressen aus. Schon in diesem Moment kam die erste Mail von Jimmy bei ihr an.

Er: *„Na hallo, da bin ich."*

Sie: *„Oh ... hallo, das ging ja schnell."*

Er: *„Wie geht es dir? Wie darf ich dich ansprechen, ist Karla dein richtiger Name?"*

Sie: „Mir geht es sehr gut, im Moment bin ich für dich Karla, ja?
Wie ist es bei dir, ist Jimmy dein richtiger Name oder gilt er nur
für diese Partnerseite?"

Er: „Ja, ich heiße wirklich Jimmy, darf ich dir bitte eine Frage stellen?"

Sie: „Ja, du darfst mir sicher Fragen stellen, wenn ich sie dir jetzt
im Moment noch nicht beantworten möchte, dann sage ich das
so."

Er: „Mich würde sehr interessieren, wie alt du bist und welche Absichten du mit deiner Suche auf dieser Seite verfolgst? Ich hoffe,
dass ich damit dir nicht zu nahetrete."

Sie: „Ich werde in den nächsten Wochen fünfzig Jahre alt und suche, wenn ich ganz ehrlich bin, einen Mann, mit dem ich ab und zu
einmal etwas Spaß haben kann. Der Rest, was zum Leben gehört,
besitze ich. Ich habe aber auch gewisse Vorstellungen von dieser
Art von Beziehung. Wie alt bist du wirklich Jimmy?"

Er: „Du... dies ist jetzt sehr offen geschrieben. Ich bin wirklich zweiundvierzig Jahre alt."

Sie: „Oh ... das ist sehr jung Jimmy, ich hatte mir einen Mann über
fünfzig vorgestellt. Ich möchte nicht um den heißen Brei reden, ich
habe kein Interesse daran, ein Mann fürs Leben zu finden, da ich
sehr gut verheiratet bin. Mein Interesse ist nur eine Affäre, eine
die sich nicht nur auf eine Nacht bezieht, ich würde mir wünschen,

dass ich einen Mann finde, mit dem ich über längere Zeit ein Ver-
trauensverhältnis aufbauen könnte, da ich der Meinung bin, dass
man sich erst dann sexuell völlig fallen lassen kann."

Er: *"Ich bin sehr erstaunt und überrascht über deine Offenheit. Ich*
suche im Grunde das Gleiche wie du. Würdest du mir gestatten
den Grund dafür etwas ausführlicher zu erklären, wenn einmal et-
was mehr Zeit ist und wenn wir beide uns vielleicht etwas besser
kennen? Ich kann jetzt nur so viel dazu schreiben, ich lebe seit
Jahren in einer sehr komplizierten Beziehung."

Sie: *"Ja, sehr gern kannst du das, ich werde mich dann hier auch*
für heute abmelden, da nachher mein Mann nach Haus kommt. Es
war sehr nett mit dir zu schreiben und würde mich auf eine er-
neute Kontaktaufnahme mit dir sehr freuen. Ich wünsche dir einen
netten Abend. Liebe Grüße Karla!"

Er: *"Ja, diesen Wunsch kann ich nur zurückgeben, auch ich würde*
mich freuen etwas von dir in den nächsten Tagen zu lesen. Bis da-
hin, gute Nacht, lieben Gruß Jimmy."

An diesem Abend schrieben die beiden fast eine Stunde zusammen, es kam Conny vor, als kennen sie Jimmy schon eine Ewigkeit.
Er war irgendwie so unkompliziert, weder war er aufdringlich, wie
so viele andere Männer, die den Sex außerhalb des heimischen
Bettchens suchten, noch versuchte er Conny zu drängen sich ganz

schnell mit ihm zu treffen. Ganz im Gegenteil, er schrieb ihr sehr nett und meinte nur, sie sollte ihm über private Angelegenheiten nur sagen, was sie für richtig hält.

Sie hatte sehr großes Interesse daran, zu diesem Zeitpunkt ihre Immunität noch zu wahren.

An diesem Abend schlief sie erstaunlicherweise völlig entspannt, mit einem Lächeln auf ihrem Gesicht, ein. Gleich am nächsten Tag, als sie vom Fitnesstraining kam, setzte sie sich an ihren Computer und schrieb ein paar Zeilen an Jimmy. Sie bat ihn, sich etwas Zeit zu nehmen und ihr etwas mehr von sich erzählen, da ihr Interesse an ihm groß sei.

Am späten Abend kam dann auch sofort eine Antwort von ihm. Er stellte sich noch einmal ganz förmlich bei ihr vor. Er sei ein selbständiger Unternehmer, im Bereich Maler- und Lackierarbeiten, er arbeitet seit Jahren im Raum Stuttgart und fährt an den meisten Wochenenden in seine Heimat, um da anfallende Aufträge abzuarbeiten. Jimmy hatte schon eine Ehe hinter sich, aus der eine Tochter entstand, die jetzt schon erwachsen ist. Seine jahrelange Montagetätigkeit wäre ein Hauptgrund für seine Scheidung gewesen. Nach dieser Trennung lebte er ein paar Jahre allein, später ging er fast ungewollt wieder eine Beziehung mit einer neuen Frau ein, sie zog sehr schnell mit ihrem Sohn aus erster Ehe bei Jimmy vor etwa sieben Jahren ein. Durch Zufall trafen sie sich, sie war in einer misslichen Situation. Stand vor dem finanziellen Ruin aufgrund ihrer Trennung. Jimmy erzählte Conny, dass er sie aus reinem Mitleid bei sich einziehen ließ. Anfangs waren auch ein paar kleine Gefühle mit im Spiel, doch diese waren nach ganz kurzer Zeit einfach weg. Ihr Sohn war ein Problemkind, sie selbst mit allem überfordert, der Haushalt wurde ständig vernachlässig. Sie machte Jimmy immer wieder große Eifersuchtsszenen, wenn er beruflich sehr oft die ganze Woche in anderen Städten unterwegs war. Er erzählte, dass sie des Öfteren Geschichten, die niemals wahr sein konnten, einfach so erfand und damit immer wieder die Beziehung aufs Spiel setzte. Er meinte, damit hat sie alles zerstört, eh es so richtig begann. Doch da er ein sehr verantwortungsvoller Mensch ist, hat er das die ganzen Jahre geduldet. Da Jimmy seit Jahren nur am Wochenende zu Hause ist, war dies sehr einfach für ihn. Sein Stiefsohn tat ihm leid, er wusste, wenn er sich wieder trennt, würde diese Frau mit dem Kind zusammen untergehen. Doch nun ist der Zeitpunkt gekommen, wo er keine Kraft mehr hat, diese Beziehung aufrechtzuerhalten. Immer wieder nur Streit, kaum geht es einmal ein paar Wochen gut, kommt der nächste Trennungskrieg. Er meinte, dass die beiden jetzt schon seit sieben Monaten wie Geschwister miteinander im Haus leben. Es hat sich eine Art Wohngemeinschaft daraus entwickelt. Eine neue Beziehung kommt für ihn in nächster Zeit überhaupt nicht in Frage. Er sei geheilt von Partnerschaften. Er suche daraufhin ebenfalls wie Conny, nur das Abenteuer. Aber dies nicht mit ständig wechselnder Partnerin und nicht in seiner unmittelbaren Wohnortnähe. Er wollte nicht, dass seine Ex-Partnerin davon etwas bemerkt, da sie mit allen Wassern gewaschen ist und ihn dann in der gesamten Umgebung schlechtmachen würde. Das kann er sich aufgrund seines Unternehmens nicht leisten, in seinem Dorf passt man noch auf andere auf. Das Gerede, das Jimmy sich ein zweites Mal trennen würde, würde nur dazu führen, dass Kundschaft ausbleibt. Conny verstand das sehr gut, auch sie kann sich kein Gerede über eine Affäre ihrerseits leisten. Der Skandal wäre unermesslich.

Diese Art von Beziehung könnte ihr eventuell gefallen. Noch weiß Jimmy nicht, wer und was hinter Karla steckt. Auch dieser Abend zusammen mit Jimmy am Computer verging wie im Flug. Im Laufe des Abends sendete er ihr seine Handynummer, für den Fall, dass sie ihn gerne einmal anrufen möchte. Es war eine sehr freundschaftliche Unterhaltung, in der sich Conny seit langem einmal richtig verstanden fühlte.

Sofort am nächsten Tag nahm Conny dieses Angebot an und tippte seine Nummer, irgendwie fand sie an der ganzen Art, wie Jimmy von sich erzählte Gefallen. Sie war davon völlig überzeugt, dass er ein sehr ehrlicher Mann wäre. Er war gerade am Arbeiten, doch er nahm sich sofort etwas Zeit für sie. Conny wurde am

Telefon puterrot, sie wusste so viel, was sie Jimmy sagen und fragen wollte, doch als sie seine Stimme, zum ersten Mal hörte, hatte sie kein Wort mehr rausgebracht. Er klang so warmherzig, so verständnisvoll und nett, so hatte Conny es schon sehr lange nicht mehr erleben dürfen.

Die beiden unterhielten sich wie zwei alte Freunde, es war unglaublich. Conny hatte den Eindruck, irgendwie seien sie Seelenverwandte. Nur der Altersunterschied machte ihr noch Kopfzerbrechen. Am Anfang, als der Wunsch bei ihr aufkam, sich einen Lover zu suchen, stellte sie sich einen Mann so Anfang bis Mitte fünfzig vor. Doch Jimmy ist zweiundvierzig, kann das gut gehen? Kann er ihr ihre sexuellen Wünsche bis ins kleinste Detail erfüllen? Wird er reif genug sein, um eine Frau in ihrem Alter überhaupt zu verstehen?

Alles Fragen die Conny sehr aufwühlten, einerseits kam Jimmy bei ihr sehr erotisch an, anderseits zweifelte sie, ob es richtig wäre, diese Affäre zu beginnen. Immer wieder stellte sie sich die Frage was passiert, wenn er doch ein Lügner ist, so wie fast alle Männer, die sie auf dieser Partnerseite fand. Wenn er ihr nur auf eine andere Art, so wie diese notgeilen Männer zu verstehen gibt, dass er auch nur einmal Abwechslung möchte? Was ist, wenn er dies mit ganz vielen anderen Frauen auf diese Art macht, wie würde sie sich dann fühlen? Ihr war aber auch bewusst, ohne Risiko keinen Erfolg und keine Affäre.

Am Abend war Jimmy wieder online und fragte sehr höflich bei Conny an, ob er nicht heute ein Bild von ihr bekommen könnte. Er war der Meinung, es wäre einfacher zu einer Frau Kontakt zu haben, wenn er wüsste, wie sie aussieht. Conny beantwortete diese Bitte mit ja und sandte ihm ein Bild von sich, auf dem sie in ganzer Körpergröße zu sehen war. Damit war es um Jimmy geschehen.

Er: *„Wow … siehst du gut aus, ich kann nicht glauben, dass du fast fünfzig Jahre alt bist, du wirkst auf mich immer interessanter. Wenn es nach mir geht, würde ich mich sehr gern einmal mit dir treffen, natürlich nur, wenn du damit ebenfalls einverstanden bist?"*

Sie: *„Ja, ich glaube, wir könnten dies in naher Zukunft einmal machen."*

Wenn sie ehrlich zu sich selbst war, in diesem Augenblick wäre es ihr lieber heute als morgen recht gewesen, Jimmy zu treffen. Doch ein paar Tage später war Connys fünfzigster Geburtstag, den hatte sie schon mit Freunden und Familie organisiert, doch danach wird sie sich sofort mit Jimmy in der Nähe von Stuttgart treffen.

Die große Geburtstagsfeier für Conny verlief super, alle ihre Freunde und Verwandten waren gekommen, um mit ihr das große

Fest zu feiern. Es wurde sehr viel gelacht und getanzt. Ihr Mann gab sich große Mühe, um Conny einen unvergesslichen Tag zu schenken. Doch sie selbst war irgendwie ganz woanders mit ihren Gedanken, ja ... sie war bei Jimmy. Sie musste sich eingestehen, dass er bereits ein Teil ihres Lebens geworden war.

Ihre beste Freundin Gaby sprach sie an diesem Abend daraufhin an, was mit ihr los sei, sie wäre so anders, so teilnahmslos. Doch Conny meinte nur, dies hat nichts zu bedeuten, ich hatte viel Stress in den letzten Tagen wegen der Geburtstagsfeier.
Es ist eingetreten, was sie nie wollte, ihre Liebschaft geht ihr nicht aus dem Kopf. Schon allein sein liebevoller Gruß am Morgen zu ihrem Geburtstag hat sie völlig aus der Bahn geworfen. War es das Neue, das andere Gefühl, einem Mann gegenüber nach so vielen Jahren Ehe?
Täglich hatten die beiden des Öfteren Kontakt, ob übers Handy oder am Computer. Es verging kein Tag ohne Jimmy, er war ein wichtiger Teil in Connys Alltag geworden. Oft hat er sie zum Lachen gebracht, auch würde sie ab und an einmal ganz verlegen, wenn Jimmy auf eine ganz charmante Art das Thema Sex ansprach und über seine Wünsche sprach. So etwas kannte sie in ihrer Ehe nicht.

Sie freute sich auf das erste Treffen mit Jimmy, schon, wenn sie daran dachte, spürte sie unglaublich viele Schmetterlinge in ihrem Bauch bis hin zu ihrer sehnsuchtsvollen Venus.

Drei Tage nach ihrem Geburtstag war es dann so weit. Sie konnte sich das erste Mal mit Jimmy treffen.

Sie kam nach fast einer Stunde Fahrt an diesem Hotel an, in dem sie sich verabredet hatten, betrat das Restaurant und suchte sofort nach Jimmy. Bisher hatte sie ihn nur auf dem supertollen Bild gesehen, als er in Griechenland im Urlaub war.

Sie nahm Platz und bestellte sich einen Kaffee und ein Glas Wasser. Conny sah auf die Uhr, doch von Jimmy war weit und breit nichts zu sehen. Sie überlegte, ob sie ihn anrufen sollte, wo er doch steckte. Doch irgendwie ist es nicht ihre Art, Leuten hinterher zu telefonieren, wenn sie unpünktlich zu einem wichtigen Termin erscheinen. Dies hatte Conny durch den Job ihres Mannes schnell gelernt.

Es verging fast dreißig Minuten, in dem von Jimmy nicht einmal eine Nachricht mit einer Entschuldigung kam. Dann plötzlich ging die Tür auf und er war da. In diesem Moment war bei Conny aller Ärger über seine Verspätung, wie weggeblasen. Sie zitterte am ganzen Leib und hätte am liebsten Jimmy sofort nur für sich ganz allein gehabt. Aber ihr Anstand und ihre gute Erziehung verboten es ihr. Als er Conny sah, strahlte er vor Glück. Das Funkeln in seinen Augen traf Conny wie ein Blitz. Er war genau wie sie völlig sprachlos. Jimmy war schon von Connys Bild völlig angetan. Doch nun, als sie sich gegenüberstanden, war es um beide geschehen. Er begrüßte sie ganz selbstbewusst mit einem kleinen Küsschen auf die Wange, sagte: *„Schön, dass du da bist, "*und versuchte sich ganz kurz für seine Verspätung, mit zu viel Stress auf der Baustelle zu entschuldige, doch dies war Conny jetzt nicht mehr so wichtig.

Sie sagte: *„Jetzt bist du ja da."*

Jimmy war körperlich nicht aufdringlich, aber sehr liebevoll, nett und zuvorkommend. Die beiden kamen sofort in ein gutes Gespräch. Er fragte nicht danach, wer und was Conny im realen Leben ist, er erzählte ihr, wie er sich sein Leben in naher Zukunft vorstellte. Eine Trennung von seiner Lebenskameradin käme zur jetzigen Zeit nicht in Frage. Die allgemeinen Umstände, die die Beziehung betreffen, wären zu kompliziert. Jimmy erzählte, er habe nach dem plötzlichen Tod seines Vaters die Firma übernommen, doch zu viele Außenstände von Kunden wären der Grund vor etwa fünf Jahren, für ein unumgängliches Insolvenzverfahren gewesen. Da Conny eine sehr vorsichtige Frau ist, erzählte sie an diesem Tag Jimmy keine Einzelheiten über ihre Familienverhältnisse. Sie überkam bei diesem Gespräch sofort die Idee, ob nicht Jimmy sich nur eine Affäre suchte, die ihm finanziell unterstützte. Wenn er erst weiß, dass Connys Ehemann ein Rechtsanwalt ist, würde er ihr dann nur Gefühle ihr gegenüber vorspielen und sie nur sexuell befriedigen, um einen finanziellen Vorteil für seine Lage zu bekommen? Conny wusste, dass es genügend Männer gibt, die auf diese Art Frauen umwerben. Genau das wollte sie nicht, sie hatte sich einen Lover gewünscht der sie als Frau akzeptiert und respektiert, wie sie ist und nicht nur ihr Geld!

Die beiden aßen sehr lecker und tranken dazu ein Glas Wein. Sie hatten sehr viel Spaß miteinander und lachten viel. Der Abend war sehr schön, Conny hatte aber immer noch im Hinterkopf, dass sie eventuell mit Jimmy noch Sex wollte. Sie war wie geblendet von seiner Art, wie er sprach, wie er sich ihr gegenüber gab.

Jimmy gab sich sehr spendabel, doch Conny merkte sofort aus dem Gespräch heraus, dass er sich dies im Grunde überhaupt nicht leisten kann. Somit bestand sie darauf, an diesem Abend die Rechnung zu übernehmen. Er fragte sie: "Wollen wir ein Stück laufen, oder was möchtest du?"

Conny sah ihn in die Augen, holte ganz tief Luft und sagte schmunzelnd: *„Ich möchte jetzt sehr gern dein Zimmer sehen und mit dir ganz allein sein."*

Sie konnte Jimmy nicht widerstehen. Sie wollte jetzt und sofort mit ihm wilden Sex erleben. Wie von Geisterhand geführt, nahm er ihre Hand und die beiden gingen in sein Zimmer. Kaum angekommen konnte sich Jimmy nicht mehr zurückhalten. Er fragte, ob er sie jetzt einmal küssen dürfte.

Ja, sagte Conny mit zitternder Stimme und lies alles geschehen, was sich Jimmy schon lange wünschte. In diesem Augenblick vergasen beide, was um sie herum geschah, sie konnten nicht mehr voneinander lassen. Jimmy begann ganz behutsam und zärtlich Connys Brüste zu streicheln, für sie war das nach neunundzwanzig Jahren Ehe ein völlig neues, aber wunderbares Gefühl. Sie genoss es in vollen Zügen und stöhnte. Dies gefiel Jimmy sehr, er wurde noch zärtlicher, streifte ganz langsam mit einem fragenden Blick Connys Kleid herunter und öffnete ihren BH, er konnte von Connys Brüsten und ihren Körper nicht genug bekommen. Genau diesen Moment stellte sich Conny in ihren heimlichsten Träumen immer wieder vor, seitdem sie Jimmy kannte. Jetzt hielt sie es nicht mehr länger aus, sie öffnete sehr hastig Jimmys Hose. Als sie spürte, dass sein Penis sehr groß und erregt war, wollte sie ihn jetzt ganz in sich genießen. Jimmy flüsterte ihr in Ohr:

„Ich mag es, wenn du mir deine Wünsche ganz leise in mein Ohr sagst."

Daraufhin flüsterte Conny ihm ins Ohr:

„Vögel mich, bis ich im Wahnsinn angekommen bin."

Die beiden Liebenden waren im Himmel der sexuellen Lust ange-
kommen, ließen sich auf das Bett fallen und versanken in sich.
Jimmy küsste ihre Oberschenkel und verwöhnte ihren Körper mit
Zärtlichkeiten, die Conny so noch nie kannte. Beide kamen zur
gleichen Zeit und stöhnten voller Leidenschaft. Sie schrie:
„Ja, ja, ja Jimmy, mach mich glücklich."

Somit geschah, dass was sich beide schon seit vielen Wochen
wünschten. Sie versanken in die Kissen, völlig zufrieden und entspannt. Er lächelte Conny an und sagte ganz ruhig:
*„Das war wunderschön, ich habe schon sehr lange nicht mehr ei-
nen so guten und erfüllenden Sex gehabt. Du bist etwas ganz Besonderes. Bitte entschuldige, dass ich es so sehr eilig hatte, doch
ich konnte mich nicht mehr zurückhalten. Wie du weißt, habe ich
seit sieben Monaten keine Partnerschaft und auch keinen Sex
mehr gehabt."*
Conny überkam in diesem Moment Gänsehaut, der Akt der sexuellen Lüste hat sie völlig durcheinandergebracht. Sie lehnte sich an
Jimmy an und die beiden schliefen für eine Weile zusammen ein.
Dann sagte sie, ich muss dann leider wieder fahren. Jimmy antwortete mit ja, das verstehe ich. Sie ging ins Bad unter die Dusche,
als sie wieder zu Jimmy kam, war er irgendwie ganz anders. Sie

fragte, ob er jetzt ebenfalls ins Bad möchte, doch Jimmy meinte, nein, er dusche später.

Beide tranken in Ruhe noch einen Kaffee zusammen, dabei fragte Jimmy: "Was würde passieren, wenn du dich in deine Affäre verlieben würdest?"

Darüber hatte Conny noch nie nachgedacht, für sie stand immer nur fest, dass sie Ehe und Affäre sehr gut trennen kann. Aber umso mehr sie darüber nachdachte, genau in diesem Augenblick, als sie gerade erst den allerschönsten Sex seit Jahren mit einem fremden Mann hinter sich hatte, umso mehr beschäftigt sie diese wichtige Frage. Doch um eine genaue Antwort zu geben, ist sie gerade viel zu durcheinander. Deshalb antwortet sie sehr selbstbewusst nur mit: *„Das wird nicht passieren, Jimmy."*

Jimmy brachte sie danach noch zu ihrem Auto, er streifte ihr ganz behutsam über ihr Haar, gab ihr einen Kuss und sagte:
„Das war ein sehr schöner Abend Karla, danke."
In diesem Moment bekam Conny wieder Gänsehaut und meinte zu Jimmy: *„Ich heiße Conny."*
Sie stieg in ihr Auto, lies den Motor an und sagte zu Jimmy:
„Wäre super, wenn wir uns einmal wieder treffen würden! Tschau, Jimmy!"
Mit einem Lächeln nickte er ihr zu und ging zurück in sein Hotel.

Als Conny zu Hause ankam, stand ihr Mann in der Küche und fragte, sie, wo sie jetzt herkomme. Er hatte schon zweimal auf ihrem Handy angerufen, doch sie hatte nicht reagiert. Sie sagte: *„Ich war mit Karin, einer Bekannten aus dem Fitnessstudio in einem Kaffee, wir haben beim Reden die Zeit vergessen, mein Handy hatte ich im Auto liegen. Es tut mir leid, wieso bist du denn schon zu Hause, du wolltest doch mit einem Kollegen essen gehen?"*

Ihr Mann antwortete ihr nur zögernd: *„Ja, er hatte kurz vorher abgesagt, da seine Frau krank geworden ist."*

In diesem Moment bekam Conny eine SMS von Jimmy, sie wurde völlig rot im Gesicht. Sie versuchte sich zu fassen und las die Nachricht.

„Du bist eine unglaublich interessante Frau, ich würde mir noch sehr viele solche Treffen mit dir wünschen. Bei dir bin ich mir sicher, dass ich alle meine sexuellen Wünsche ausleben und genießen kann."

Es war eine sehr peinliche Situation, im Grunde war Conny danach zu lächeln. Doch ihr Mann sah sie fragend an, sie sagte nur, es war Karin, mit der ich heute Abend aus war, sie bedankt sich noch einmal für den netten Abend. Ihr Mann sagte dazu nichts. Hatte er irgendetwas bemerkt, dass bei seiner Frau heute irgendetwas Außergewöhnliches passiert war?

Max meinte, dass ihr Sohn Peter heute Abend angerufen und sich für Sonntag zum Essen angemeldet hat. Das passiert fast immer nur, wenn er ein Problem hat, wenn Muttertag oder Weihnachten ist, (sie hofften beide schon lange darauf, dass er vielleicht einmal mit der Nachricht zu seinen Eltern kommt, dass er sich in ein Mädchen verliebt hat). Conny nahm diese Information gelassen hin und nahm sich ein Buch. Doch der Grund dafür war nur, dass Max sie nicht mehr mit Fragen oder irgendwelchen Gesprächen aus ihrem Traum holte. Ihren Traum, den sie gerade vor ein paar Stunden leben und genießen durfte. Sie starrte in dieses Buch, ohne den Text zu lesen, ihre Gedanken waren bei Jimmy, bei den Gesprächen mit ihm und bei dem leidenschaftlichen Sex, der sie völlig aus der Bahn geworfen hat.

Gleich am nächsten Morgen bedankte sich Conny bei Jimmy für den großartigen Abend und für die liebevolle SMS. Es kam wie aus der Pistole zurück.

Er: *„Wenn du auch der Meinung bist, dies war nur der Anfang, einer wunderbaren Affäre, dann sollten wir beide es einmal zusammen versuchen, Bussi Jimmy."*

Sie: *„Ja ... Jimmy ich freue mich auf unser nächstes Treffen, Bussi."*

Er vermittelte ihr eine ungemeine Vertrautheit, sie erwischte sich selbst dabei, dass Jimmy ihr den ganzen Tag nicht mehr aus dem

Kopf ging, immer wieder musste sie sich selbst zurückhalten, um nicht ständig mit ihm zu schreiben oder zu telefonieren. Den Ablauf am Abend koordinierte sie immer häufiger so, dass sie irgendwelche Angelegenheiten am Computer erledigen musste.

Beide öffneten sich gegeneinander auch online immer heftiger über ihre sexuellen Wünsche und Träume. Conny gefiel es, wenn er sie ganz spontan fragte, wie es ihren Brüsten gehe, oder ob sie jetzt gerade in diesem Moment sexuell erregt sei. Auch genoss sie es, über PC oder Handy mit ihm ganz offen seine Fragen über sexuelle Wünsche zu beantworten. Jimmy wollte sehr gern einmal mit ihr, bei schönen, warmen Wetter in die Natur gehen und sie da in vollen Zügen lieben. Conny war einverstanden. Sie verabredeten sich für die erste Juniwoche an einem Donnerstag in etwa sechzig Kilometer Entfernung von Connys Wohnort.

Doch eh es soweit war, kam erst einmal Peter, ihr Sohn zum Essen, sie fragte sich immer wieder, was der Anlass dazu ist, dass er so außer der Reihe einmal vorbeikam.

Als er das Haus betrat, sah er, so wie Conny es einschätzte, sehr angespannt und abgearbeitet aus. Sie begrüßte ihren Sohn sehr herzlich, umarmte ihn, gab ihn einen Kuss und sagte:

„Schön, dass du da bist, Papa ist im Büro und arbeitet wie immer, entschuldige, ich muss in die Küche zu unserem Essen!"

So kannte es Peter schon ein Leben lang. Mama kocht, Papa ist im Büro, nach dem Mittagessen geht er meist ins Stadion zu seiner geliebten Fußballmannschaft. Mama trifft sich mit Freundinnen oder relaxt auf der Terrasse. Aber eines viel Peter heute auf, seine Mama war anders als sonst, sie pfiff völlig entspannt in ihrer Küche den Takt zur Musik, mit die aus dem Radio lautstark zu hören war. Er nahm sich ein Glas Wasser und meinte, na, was ist denn mit dir heute los? Ach, sagte Conny:

„Ich freue mich, dass du einmal so außer der Reihe dir die Zeit genommen hast, um bei uns einmal vorbei zu kommen, dass solltest du öfters einmal machen."

Bei dieser Antwort wurde Peter sehr nervös, trank ganz heftig sein Glas Wasser aus und nahm sich sofort ein zweites. Conny kannte ihren Sohn zu gut, um zu wissen, dass wenn er so reagierte, ein Problem anliegt. Ganz spontan sagte sie zu ihm:

„Was ist mit dir los?"

Er: *„Jetzt bitte nicht, ich möchte erst einmal zu Papa, um ihn begrüßen."*

Conny schluckte, irgendetwas musste bei ihrem Sohn passiert sein, was außergewöhnlich sei.

Die Familie aß zu Mittag im Speisezimmer, die Gespräche zwischen Vater und Sohn waren meist geschäftlicher Natur.

Conny fragte ihren Sohn:

„Möchtest du nachher mit Papa ins Stadion gehen oder wollen wir es uns auf der Terrasse gemütlich machen, aber wir können auch in die Stadt fahren, um etwas zu unternehmen?"

Peter zog es vor, mit seiner Mutter zu Haus zu bleiben, da wusste Conny, es gibt ein ernstes Problem. Peter hatte sich schon als Kind lieber seiner Mutter geöffnet als seinem Vater. Gegen vierzehn Uhr verließ ihr Mann das Haus in Richtung Fußballstadion. Peter sonnte sich schon auf einer Liege im Garten, als Conny mit einem Vitamingetränk zu ihm kam. Sie sagte:

„Gut Junge, jetzt sind wir allein, was ist passiert, hast du dich unglücklich verliebt."

Peter zögerte mit der Antwort, trank wieder sehr heftig sein Glas leer und sagte:

„Mama was ich dir jetzt sage wird dir nicht so gut gefallen. Ich weiß, dass ihr schon sehr lange darauf wartet eine Frau an meiner Seite zu sehen und dass ihr euch freuen würdet, wenn ich einmal eine Familie gründen würde. Ich wollte es euch schon so lange sagen, doch es gab keine passende Gelegenheit dazu. Auch wollte ich dir deinen fünfzigsten Geburtstag nicht verderben."

Conny: „Jetzt raus mit der Sprache, mache es nicht so spannend!"

Peter begann, kurzerhand mit drei Worten die Wahrheit seiner Mutter gegenüber zu sagen!

„Ich bin homosexuell!"

Seine Mutter verschluckte sich an ihrem Getränk und sah Peter wie versteinert an. Ihre Reaktion und ihren Kommentar dazu hatte dann Peter aus der Bahn geworfen. So hatte er es nicht erwartet. Conny sagte nach einer Weile zu ihm:

„Pass auf Junge, wenn das so ist, dann ist das so! Wir leben in einer modernen Welt und jeder soll so leben, wie er es für richtig hält. Hast du einen Freund mit dem du …? Also werden wir nie Großeltern werden?"

Jetzt stand sie auf und holte eine Flasche Whisky und zwei Gläser. Das brauchte sie jetzt. Sie goss jedem einen Schluck ein und sagte: *„So nun erzähle mir alles."*

Peter prostete ihr zu und begann zu erzählen:

„Ich habe es schon vor vielen Jahren gemerkt, dass es mich nicht zu Mädchen hinzieht, immer wieder merkte ich, dass mir ein junger Mann, der mir gefällt sehr zuspricht. Ich wollte es sehr lange auch nicht wahrhaben, doch dann lernte ich vor etwa einem Jahr John kennen. Wir verstanden uns auf den ersten Blick als würden wir uns schon Jahre kennen. John ist Krankenpfleger auf einer Krebsstation. Er ist sechsundzwanzig Jahre alt und lebt, wie ich allein. Wir beide waren zusammen letztes Jahr in Kanada im Urlaub, ja ich weiß Mama ich sagte euch damals, ich verreise mit einem Studien-Kollegen. Seitdem sind wir beide unzertrennlich. Die

Wochenenden verbringen wir, sobald John frei hat, immer zusammen. Ich bin nicht unglücklich verliebt Mama, ich bin sehr glücklich verliebt. Nur war und ist es für mich ein großes Problem, euch das so mitzuteilen."

Conny fragte nach Johns Eltern, ob sie es schon wissen und wie sie mit der Situation umgehen. Peter sagte:

„Sie wissen schon viele Jahre, dass ihr Sohn schwul sei, und haben dies auch sofort akzeptiert. Ich kenne sie bereits und komme wunderbar mit ihnen zurecht. Sie akzeptieren unsere Beziehung, so wie sie ist."

Conny stellte die direkte Frage an ihren Sohn, wie die beiden sich ihre Zukunft vorstellen. Mit dieser Frage hatte Peter schon gerechnet. Er meinte sie wollen jetzt in ein paar Wochen erst einmal zusammenziehen, wenn das gut geht, dann eventuell heiraten und da John Kinder genau so liebt wie er, haben sie in weiter Zukunft geplant, ein Kind zu adoptieren. Jetzt brauchte Conny einen zweiten Whisky!

Gut sagt sie:

„Das klingt sehr vernünftig. Nur müssen wir uns nun überlegen wie wir diese Angelegenheit deinem Papa beibringen."

Peter war sichtlich erleichtert. Er wusste, seine Mutter versteht ihn, damit war es nur noch halb so schwer seinen Vater mitzuteilen, dass er keine Frauen liebt. Conny schlug vor, dass sie es Max in einem passenden Moment sagt und mit ihm darüber spricht.

Sie reichte ihrem Jungen die Hand und sprach:

„Es kann kommen, was will, ich stehe zu dir. Keiner weiß besser wie ich, wie es sich anfühlt, ein Leben lang unglücklich zu sein. Du sollst das nie so erleben und dich ausleben, wie dir es gefällt, wichtig ist nur, dass du dabei glücklich bist!"

In diesem Moment ging Peters Handy, eine SMS von John, er fragte wie das Gespräch zwischen seinen Eltern und Peter läuft und ob alles gut ist. Das fand Conny supertoll von ihm. Sie sagte zu ihrem Sohn:

„Junge mache dir bitte keine Sorgen, ich werde es schaffen, dass dein Papa dir nicht den Kopf abreist."

Peter war so glücklich über den Ausgang des Gespräches. Er fuhr gegen 18:00 Uhr wieder nach Hause und war völlig entspannt, zum Abschied von seiner Mutter nahm er sie ganz fest in seine Arme und sagte: "Danke Mama!"

Als Max vom Fußball nach Hause kam, sah er die zwei Whiskygläser in der Küche stehen und fragte, ihr beiden hattet wohl einen Grund zum Feiern? Conny antwortete mit: „Ja." Natürlich wollte er wissen, wieso, sie sagte ganz spontan und locker: „Unser Sohn ist verliebt und das schon seit über einem Jahr. Max wollte natürlich gleich wissen, wer die Glückliche ist, Conny antwortete:

„Ihr Name ist John."

Jetzt stockte Max der Atem, er begriff nicht so ganz, was ihm seine Frau damit sagen wollte. Doch Conny sagte nur:

„Kuck nicht so. Ja sein Name ist John, unser Sohn liebt seit über einem Jahr einen Mann. Er ist schwul. Aber du kannst dich trösten, auch ich war für den ersten Moment völlig geschockt, deshalb die Gläser hier."

Max fragte ganz aufgeregt: *„Er ist was bitte?"*

Darauf antwortete Conny: *„Ja Max, du hast richtig gehört, unser Sohn liebt einen Mann. Auch ich habe zuerst gedacht, ich höre nicht richtig, doch nach längerem Überlegen, habe ich mich mit der Situation abgefunden. Wir leben in einer modernen Welt, wo Menschen sich, auch wenn sie anders sind, als die Gesellschaft es von ihnen erwartet, nicht mehr verstecken, sondern zu ihrer Leidenschaft stehen!"*

Jetzt war Max noch mehr geschockt. Er sagte zu Conny:

„Bitte entschuldige mich, dass alles, muss ich erst einmal verdauen, das ist gerade etwas viel für mich. Ich gehe jetzt schlafen, wir reden ein andermal darüber. Gute Nacht Schatz!"

Somit war alles gesagt, was das Thema Partnerschaft ihres Sohnes Peter betraf. Conny setzte sich, um etwas Ablenkung zu bekommen, vor den Fernseher, doch was da lief Realisierte sie nicht wirklich. Der Tag war zu kompliziert mit all dem Geschehenen. Sie holte sich ihr Handy und sah, dass Jimmy ihr im Laufe des Tages elf Nachrichten gesendet hatte. Was war passiert, sie begann, eine nach der anderen zu lesen. Die ersten waren voller Leidenschaft und Vorfreude auf ihr nächstes Treffen geschrieben, dann änderte sich sein Ton, er fragte, was mit ihr los sei, wieso sie ihm nicht antwortet. Dann schrieb er, dass er sich jetzt große Sorgen um sie mache, da sie immer für ihn da war die letzten Wochen. In den letzten vier SMS machte er ihr eindeutig Vorwürfe und fragte sie in einem unmöglichen Ton, ob sie wohl jetzt einen anderen Lover gefunden habe, einen Älteren, der ihr besser entspricht. Das war zu viel des Guten an einem Tag für Conny. Sie antwortete, spät in der Nacht nur ganz kurz und knapp:

„Hallo Jimmy, ich hatte einen harten Tag, melde mich Morgen bei dir, ich kann dir alles erklären, gute Nacht!"

Der nächste Tag begann zusammen mit ihrem Mann am Frühstückstisch, er konnte an diesem Tag das Haus später verlassen, da er zu einer Verhandlung musste. Max saß am Esstisch und las seine Tageszeitung, er sprach kein Wort. Als Conny dies zu dumm wurde, sagte sie:

„Max bitte lass uns über Peter und seine Partnerschaft mit John reden."

Doch ihr Mann war wie versteinert. Er legte die Zeitung zur Seite, trank seinen Kaffee aus und sagte:

„Mich wundert es wirklich, wie locker du mit dieser Situation umgehst, entschuldige bitte, ich muss jetzt gehen."

Das tat Conny sehr weh, immerhin geht es um ihren gemeinsamen Sohn und um dessen Zukunft. Ihr lagen schon die Worte auf der Zunge, es ihren Mann ins Gesicht zu sagen, dass sie nicht möchte, dass ihr Sohn ebenso unglücklich sein Leben lebt wie sie. Doch Conny hielt inne, um die Affäre zu Jimmy jetzt so ganz am Anfang, nicht zu gefährden.

Sie nahm sich noch einen Schluck Kaffee und dachte über die Worte ihres Mannes nach. Ja irgendwie hat er ja Recht, sie wundert sich ja selbst, dass sie so locker reagierte. Ist es ihr Erlebnis mit Jimmy, was ihr Denken so beeinflusst? Hatte sie jetzt erst verstanden, dass es nicht wichtig ist, was man ist oder was man hat im Leben, im Grunde nur zählt, dass ein Mensch, egal welcher Gesinnung, glücklich ist? Sie ist es im Moment mit Jimmy, ihr Sohn ist es mit seinem Bekenntnis zur Homosexualität.

An diesem Tag spürte sie ganz deutlich, dass ihr Leben eine Wende nehmen würde. Die Gedanken drehten sich nur noch um Jimmy. Sie nahm ihr Handy und las nochmals die ganzen

Nachrichten des letzten Abends, ihr kam es vor, als wäre Jimmy der Verzweiflung nah gewesen nur, weil sie nicht gleich geantwortet hatte.

Conny erledigte ihre Hausarbeiten an diesem Tag völlig antriebslos. Auch das Training am Nachmittag im Fitnessstudio konnte sie nicht abschalten lassen. Immer wieder gestand sie sich ein, dass Jimmy mit seiner Art ihr völlig den Kopf verdreht hatte. Bei Jimmy dreht sich die Welt in eine andere Richtung, ihm sind Wohlstand und Geld nicht so sehr wichtig. Er führt ein einfaches Leben. Genau das gefiel Conny. Sie hatte die Nase gestrichen voll davon, über Jahre immer nur die Fassade ihre Ehe nach außen zu halten. Immer vor allen so zu sein, wie andere es von ihr verlangten.

Sie konnte den ganzen Tag an nichts Anderes mehr denken als an den genialen Sex mit Jimmy.

Doch was sollten jetzt diese Nachrichten, in dem er ihr Vorwürfe machte, nur, weil sie nicht gleich geantwortet hatte?

Jimmy war auf einmal so sprunghaft. Am Abend kam völlig unerwartet eine SMS von ihm, er fragte, ob sie jetzt noch einmal online wäre, er habe so große Sehnsucht nach ihr. Aber sie konnte in diesem Moment nicht antworten, ihr Mann war bei ihr. Es war so ausgemacht, dass sie im Moment überwiegend am Tag Kontakt hatten.

Am nächsten Morgen schrieb sie ihm das auch so. Doch Jimmy gab keine Antwort darauf. Daraufhin meldete er sich zwei Tage nicht mehr bei Conny. Sie machte sich Sorgen um ihn, ob ihn etwas zugestoßen wäre, und rief einfach bei ihm an. Er nahm den Anruf nicht an.

Irgendetwas ist doch da nicht in Ordnung, dachte sich Conny. Was war passiert? Sie hatte ein schlechtes Gewissen. Es war Samstag und sie wusste, dass er an dem Wochenende nach Haus gefahren war. Sie wählte wieder seine Nummer, kein Zeichen von Jimmy. Plötzlich eine SMS:

„Bitte am Wochenende keine Anrufe oder SMS mehr. Ich melde mich wieder!"

Was sollte sie jetzt davon halten, ihr Verstand sagte ihr, dass Jimmy doch ein Lügner sei, dass er ihr die Sache mit seiner so komplizierten Partnerschaft nur vorgelogen hatte. Nur um sie ins Bett zu bekommen. Unglaublich viele Fragen machten sich in Connys Kopf breit. Suchte er nur eine Frau für Sex, wenn er die ganze Woche von zu Haus weg war? Lebt er in seiner Heimat ungestört mit seiner Lebenspartnerin glücklich zusammen, als wäre nichts? Was soll sie jetzt noch glauben? Ist Jimmy einer, der in jeder Stadt eine andere Geliebte hat, da wo er gerade eine Baustelle hat? Conny weinte, sie fand keine Antworten auf ihre Fragen und konnte oder wollte nicht glauben, dass er sich ihr Vertrauen nur erschlichen hatte. Vielleicht ist es gut so, dass Jimmy noch nicht weiß, wer sie wirklich ist, wo sie wohne und was ihr Mann für einen Job macht.

Gleich am Montag würde sie versuchen, Kontakt zu ihm aufzunehmen und ihm um ein Gespräch bitten. Das gelang ihr dann auch.

Er: *„Na Hallo, wie geht es dir?"*

Sie: *„Jimmy wir müssen reden!"*

Er: *„Was ist denn los?"*

Sie: *„So geht es nicht Jimmy, du hast mir mitten in der Nacht diese SMS gesendet, ob ich noch an den Computer kommen kann, du weißt, dass da mein Mann zu Haus ist. Und du weißt, dass ich meine Ehe nicht gefährden möchte."*

Er: *„Das ist richtig, doch ich dachte, in dieser Nacht, wir beide könnten noch etwas flirten, mir stand gerade der Hahn!"*

Sie: *„Jimmy, es war 01:00 Uhr in der Nacht, wo auch du schon längst schlafen solltest, da du ja früh aufstehen musst, um zur Arbeit zu gehen."*

Er: *„Ach, das macht mir nichts aus, ich sitze oft die ganze Nacht am Computer, wenn ich nicht schlafen kann."*

Sie: *„Was machst du dann in der Nacht im Internet?"*

Er: *„Ich schreibe Rechnungen und kümmere mich um neue Aufträge, damit mir zu Hause die Arbeit nicht ausgeht."*

Sie: „Aha, gut Jimmy möchtest du den geplanten Ausflug ins Grüne diese Woche noch?"

Er: „Mal sehen, wie es mit der anliegenden Arbeit wird, das kann ich dir erst am Mittwoch sagen."

Sie: „Danke Jimmy!"

Er: „Ich muss jetzt hier leider weiterarbeiten, ich melde mich!"

Danach war dieses Gespräch beendet. Conny erkannte ihn nicht wieder, plötzlich war er so anders, so abweisend und kalt zu ihr. Wie sollte sie sein Verhalten einschätzen?

Am Abend kam dann plötzlich eine Nachricht: „Wir werden diesen Nachmittag zusammen verbringen, ich freue mich auf Dich und deinen Körper. Muss ich etwas mitbringen?"

Conny war wieder durcheinander, wie jetzt, erst sagt er, er könne erst am Mittwoch genau zusagen, jetzt diese SMS?

Fragen über Fragen, sie nahm sich ganz fest vor, an dem Tag, wenn sie sich mit Jimmy treffen wird, erst mit ihm alle Angelegenheiten zu klären, er weiß, dass Ehrlichkeit Connys oberstes Gebot ist. Auf diese Art wünscht sie sich keine Affäre.

Die beiden verabredeten sich für 16:00 Uhr an diesem besagten Tag. Conny hatte alle Vorbereitungen getroffen, was alles zu einem schönen Picknick gehört und freute sich sehr auf ihn. Jimmy kam wieder einmal etwas später, Grund für Conny genug seine körperlichen Liebkosungen anfangs etwas abzulehnen. Dies begriff er ganz schnell. Sie sagte zu ihm, lass uns erst einmal einen schönen Platz finden, wo wir unser Picknick ausbreiten können. Es dauerte nicht sehr lange, bis Jimmy etwas Geeignetes gefunden hatte. Ihr kam es vor, als kannte er sich hier sehr gut aus, sie sprach ihn daraufhin an, doch Jimmy sagte, er sei zum ersten Mal hier. Als sie es sich etwas bequem gemacht hatten, lag Conny sehr viel daran, dass Jimmy ihr alle Fragen beantwortet, die sie seit einigen Tagen sehr beschäftigen. Gut meinte er, was beschäftigt dich so sehr?

Sie begann damit, dass er von Anfang an wisse, dass sie verheiratet ist und ihre Ehe auf keinen Fall für nichts und niemand riskieren möchte. Sie fragte ihn, was letzte Woche passiert sei, wieso er plötzlich am Wochenende nicht mehr für sie zu erreichen sei und meinte sie habe die Vermutung, dass er sich mit seiner Ex-Partnerin wieder vertragen hat. Jimmy ist das so? Er konnte in diesem Moment keine konkrete Antwort geben, nur sagte er:

„Naja, wir möchten es noch ein letztes Mal zusammen versuchen."

Sie trank einen Schluck Prosecco und meinte dann:

„Das ist so in Ordnung so, es ist dein Leben."

Darauf antwortete er: *„Ja, ich weiß es ist falsch, doch was soll ich machen, ich habe keine andere Wahl."*

Sie fragte ihn: *„Hattest du mit ihr oder einer anderen Frau nach mir Sex?"*

Er: „*Ja, ich möchte immer ehrlich zu dir sein, mit Steffi meiner Lebenspartnerin,* (kam ganz kleinlaut aus ihm heraus), *doch dieser war völlig unbedeutend.*"

Conny war daraufhin der Meinung, dass, wenn sie zusammen Sex haben, dieser nur noch mit Kondomen stattfinden sollte. Ihre Angst, dass sie sich eine Krankheit holt, war zu groß. Nun erzählte sie Jimmy, was für einen Job ihr Mann mache und dass es ein Skandal wäre, wenn es ans Tageslicht käme, dass seine Frau eine Geschlechtskrankheit mit nach Hause gebracht hätte. Jimmy meinte ganz entspannt, sie brauche sich diesbezüglich keine Sorgen machen, zu Haus bei seiner Ex-Partnerin ist er sehr vorsichtig und benutzt immer Kondome, da er nicht weiß, was sie mit wem, in der Zeit der Trennung getrieben hat. Conny stellte ihm dann die Frage, was er wohl machen würde, wenn ihm durch Zufall eine Frau den Weg kreuzt, wo er der Meinung sei, sie wäre die Frau seines Lebens? Jimmy meinte dazu: „*Wenn das doch irgendwie einmal der Fall wäre, dann wäre er sehr ehrlich zu ihr und würde ihr dies sofort sagen, ja meinte er, wenn es eine Beziehung einmal geben würde, die ihm sehr wichtig ist, dann möchte er keine Affäre mehr.*"

Er betonte, das ist eine Grundeinstellung von ihm. Conny war daraufhin wieder völlig durcheinander, sie befand sich, seitdem sie Jimmy kennenlernte, nur noch im Wechselbad der Gefühle. Sie konnte seine Antworten nicht mehr einschätzen, dreht er alles nur so, wie er es gerade in diesem Moment brauchte, oder sagt er die Wahrheit?

Er beendete dieses Gespräch mit den Worten: *„Du musst dir keine Gedanken machen, dass so schnell eine Frau in mein Leben tritt, ich habe es schon aufgegeben, ich hatte die letzten sieben Monate, als ich mit meiner Partnerin wie in einer Wohngemeinschaft zusammenlebte, versucht eine passende Frau zu finden. Doch da ich aber ständig nur am Arbeiten bin, habe ich fast keine Chance jemanden kennenzulernen."* Conny wollte wissen, wie seine Erfahrungen diesbezüglich auf dieser Partnerseite sind. Er wusste gleich eine Antwort darauf, er habe da sehr selten einmal Kontakt zu einer Frau gehabt, vor ihr meinte er, habe es nur eine gegeben, doch es kam nie zu einem Treffen. Auch wäre er die letzten vier Wochen, seit er sie kennt, nicht mehr da anwesend gewesen. Sie wollte wissen, wie wichtig ihm ein regelmäßiger Sex sei, daraufhin sagte er, er habe seine Gefühle völlig unter Kontrolle, bevor er mich treffen durfte, hatte er ja auch die ganzen sieben Monate seit der Trennung keinen Sex mehr gehabt. Das mache ihm auch nichts aus. Es alles war für Conny jetzt gerade sehr schwer nachvollziehbar. Sie zweifelte an Jimmys Wahrheit. Aber sie versuchte, ihm zu glauben. Sie deutete an, dass sie sich in den nächsten Tagen auf dieser Seite wieder abmelden würde. Jimmy fand diese Idee auch für sich ganz passend. Sofort beteiligte er sich an dieser Sache und möchte gleich heute Abend sich an die Arbeit machen und seine Eintragung löschen.

Jimmy räumte die Gläser und Schälchen zu Seite und sagte zu Conny: "Lass uns doch einfach die Sonne genießen!"

Er zog Conny zu sich in seine Arme. Sie weigerte sich nicht, als Jimmy sie mit seinen Händen berührte, vergaß sie wieder alles. Kurz sagte sie zu ihm mit zitternder Stimme: *„Jimmy wir müssen reden!"*

Doch er meinte nur: *„Später Maus, jetzt möchte ich dich nur lieben!"* Sie ließ es ganz einfach zu, wie er sie wieder an ihren Brüsten und Oberschenkeln liebkoste, wie er ganz sanft mit seiner Zunge an ihren Brüsten kreiste. Sie genoss es, Jimmys Leidenschaft zu spüren. Dass alles gefiel Conny, irgendwie hatte sie gerade alle ihre Vorsätze vergessen.

Conny erfüllte Jimmys Wunsch, seinen Penis mit ihren Lippen zu verwöhnen. Das machte sie jetzt so richtig heiß, Jimmy verwöhnte sie dazu mit seinen zarten Händen in ihrer Venus, plötzlich erlebte Conny etwas, was sie noch nie vorher kannte, sie erlebte dies in einer Art Ausnahmezustand, schrie Worte wie: *„Ja Jimmy, ja Vögel mich, gebe mir deinen Saft, befriedige mich bis zur Ohnmacht",* aus sich, die sie sonst niemals aussprechen würde, verdrehte ihre Augen und spritzte völlig unerwartet ab, die Flüssigkeit schoss über die gesamte Decke. Danach fühlte sich Conny wie ein Engel. In ihrem Kopf erlebte sie ein Gefühl der Schwerelosigkeit. In diesem Moment nahm sie erneut Jimmys Penis in ihren Mund und brachte diesen zum Erleben der männlichen Ekstase. Jimmy stöhnte vor lauter Wohlbehagen, seine Geilheit nahm seinen Höhepunkt, als Conny nach Jimmys Orgasmus ihn dann noch sehr lange mit ihrer Zunge an seinem Penis sauber leckte. Die beiden lagen völlig erschöpft aber überglücklich eng umschlungen auf dieser Wiese und genossen zu zweit genau diesen Augenblick der absoluten Zufriedenheit.

Am Abend gingen sie zusammen noch etwas essen und unterhielten sich sehr sachlich und wie zwei erwachsene Menschen, über die vergangenen Tage. Über das was alles passiert war und wieso der Kontakt zwischen den beiden ein paar Tage lang schiefgelaufen war. Conny erzählte, was ihr Sohn ihr gebeichtet hatte. Jimmy war ein Mann, der sehr viel Verständnis der Situation gegenüber zeigte. Anders als ihr Mann Max. Das tat Conny sehr gut.

Seit sie Jimmy hat und mit ihm den wundervollsten Sex erleben kann, sieht auch sie vieles im Leben mit anderen Augen. Auf der Heimfahrt war sie sehr unkonzentriert, ihr ging der heutige Sex mit Jimmy nicht mehr aus dem Kopf. Sie fragte sich, wieso sie dies nie mit ihrem Mann erleben konnte, sie wusste, dass es das gab, aber erleben durfte sie es erst jetzt mit Jimmy!

Der Kontakt zwischen den beiden stellte sich in der nächsten Zeit als etwas komplizierter dar. Conny konnte seit dem letzten Sex nicht genug von Jimmy bekommen. Sie veränderte sich in ihrem gesamten Verhalten. Jetzt war sie es, die oft tobte, wenn er nicht gleich auf eine Mail oder eine SMS antwortete. Zu oft stritten die beiden sich dann. Conny war es wichtig, regen Kontakt zu ihrem Lover zu halten, doch Jimmy hingegen meldete sich immer weniger. Bei Conny kam immer wieder der eine Gedanke, kann ich Jimmy vertrauen, dass er wirklich nur mich als Affäre hat?

Sie erinnerte sich daran, dass beide sich auf dieser Partnerseite abmelden wollten. Jetzt beschloss sie, Jimmy einmal zu kontrollieren, ob er es wirklich getan hatte. Sie klickte sich ein und sah, dass er noch immer da war.

Conny legte sich einen Plan zurecht. Sie meldet sich mit ihrem Profil ab und mit einem neuen Namen wieder an. Das funktionierte ganz unkompliziert. Ganz unauffällig fragte sie Jimmy nach ein paar Tagen in einer SMS, ob er immer noch Mitglied auf dieser Seite ist, er antwortete mit nein, mein Profil brauche ich ja da nicht mehr, dazu ist es mit dir viel *zu* schön!

Jetzt läuteten bei Conny die Alarmglocken.

Eine Woche später schrieb sie unter ihren falschen Usernamen Jimmy kurz an, sie wollte mehr über ihn erfahren.

Er antwortete auch sofort und sehr nett, genauso wie er es bei ihr damals schon machte. Viele Tage chatteten sie über diese Partnerseite. Jimmy bemerkte nicht, dass es Conny war, der er schöne Worte schrieb. Dann war die Zeit dazu gekommen, dass Jimmy ein Bild sehen und sich mit dieser Frau sehr gern treffen möchte. Conny wusste für den Moment nicht, wie sie sich jetzt verhalten sollte. Sie versprach, am nächsten Tag eines zu laden.

Genau im gleichen Moment, als sie als „Unbekannte" mit Jimmy schrieb, tippte sie eine SMS an ihn, ob er gerade online ist. Es kam keine Antwort, erst am nächsten Morgen, schrieb er: *„Tut mir sehr leid Maus, ich war gestern Abend schon zu Bett!"*

Nun wusste Conny, was zu tun war, für sie war es völlig klar, dass sie nicht die einzige Frau in Jimmys Leben war, mit der er sich eine schöne Zeit machte. Das war ihr zu viel, sie war völlig durcheinander, wusste nicht mit der Situation umzugehen. Am nächsten Abend flirtet sie wieder mit Jimmy unter ihrem falschen Namen, er machte sie so heftig heiß. Conny war dies zu viel, entgegen ihres Planes sich mit Jimmy als diese „Unbekannte" zu treffen und ihn vor Ort damit zu konfrontieren, verließen Conny die Nerven, sie gab sich mit einem Bild zu erkennen. Jimmy war sprachlos und fragte nur, was das sollte, ihn auf diese Art zu kontrollieren. Daraufhin löschte sie sofort ihre Mitgliedschaft auf dieser Seite,

Jimmys Mail-Adresse und seine Telefonnummer. Sie wollte nie mehr etwas mit ihm zu tun haben. Ihr wurde klar, dass Jimmy ein ganz großer Lügner war.

Sie saß an ihrem Schreibtisch und weinte jämmerlich, konnte es selbst nicht begreifen, wieso sie sich in so eine Lage bringen konnte. Noch vor ein paar Monaten war ihr Leben solide und geordnet. Und jetzt, ihr Sohn ist schwul, ihre Affäre ein großer Lügner, so wie alle anderen auf dieser Partnerseite.

Es vergangen mehr wie eine Woche, Conny widmete sich ihren Hausarbeiten, ihren Mann und sie versuchte, Jimmy zu vergessen.

Nur gelang es ihr nicht, sie ertappte sich immer mehr, wie sie ständig auf ihr Handy starrte oder wie oft sie am PC auf eine Mail von ihm wartete. Sie hielt dieses Schweigen kaum noch aus, machte sich diesbezüglich Gedanken darüber, ob sie nicht auf Grund des wundervollen Sexes, mit Jimmy eine Art von Abhängigkeit hat. Sie vermisste ihn immer mehr. Ihren Sport hatte sie völlig auf Eis gelegt, das Interesse an gemeinsamen Aktivitäten mit ihrem Mann Max war völlig erloschen.

Was war passiert mit Conny?

Zwei Wochen später saß sie wieder völlig teilnahmslos an ihren Computer, um einige Dinge abzuarbeiten, plötzlich bekam sie eine

Mail von Jimmy! Sie war völlig aus dem Häuschen. Sie zitterte und öffnete seine Nachricht.

Er: *„Na hallo, wie geht es Dir? Es tut mir sehr leid, was da passiert ist, doch wie du weißt, lebe ich in einer sehr unglücklichen Beziehung und bin immer noch auf der Suche nach einer Frau, mit der ich alt werden kann. Conny, du hast mir immer gesagt, du möchtest nur eine Affäre, mehr nie. Genau Du wärst die Frau, mit der ich mir ein Leben vorstellen könnte, mit dir erträume ich mir jeden Abend immer wieder neue sexuelle Erlebnisse. Du genau bist diese eine Frau, die mich auf Dauer glücklich machen kann. Wenn ich an unsere Treffen zurückdenke, wünsche ich mir nur eines, dich ganz schnell wieder bei mir zu haben und lieben zu dürfen. Ganz liebe Grüße Jimmy!"*

Conny wurde es ganz anders, ihr wurde heiß und kalt, wieder rollte ihr ein Meer von Tränen über ihr Gesicht. Sie freute sich einerseits über Jimmys Nachricht, doch sie wusste auch, dass er lügt. Kurz und knapp antwortete sie im mit den Worten:

„Wann kann ich dich sehen? Ich möchte hier nicht über dieses Problem schreiben!"

Jimmy bot ihr an, sich zwei Tage später wieder in seinem Hotel mit ihr zu treffen, Conny sagte zu.

Ab jetzt ging es ihr wieder viel besser. Sie war wieder gut gelaunt und freute sich auf Jimmy. Verstanden hat sie ihr Verhalten jedoch nicht.

Einen Tag, bevor Conny sich wieder mit Jimmy treffen wollte, sonnte sie sich, wie so oft, auf ihrer Terrasse, sie machte die Augen zu und lies den letzten Sex mit Jimmy in ihren Kopf noch einmal Revue passieren. In diesem Moment spürte sie, wie ihr Höschen nass wurde, wie sie genau diesen hemmungslosen Sex nochmals erlebte, diese höchste Form von Orgasmus, den ein Mann einer Frau schenken kann. Conny erlebte das jetzt und hier, ohne dass ihr Jimmy anwesend war.

Sie ging wie von Geisterhand geführt in ihr Wohnzimmer auf ihre Couch und vollzog ganz allein diesen Akt der Befriedigung. Als dieser vorbei war, weinte sie jämmerlich, sie wusste nicht, ob die Tränen Freude oder Trauer bedeuteten.

Danach schlief sie ein. Ihr Mann kam an diesen Tag früher nach Haus, er wunderte sich, dass seine Frau um diese Zeit und bei diesem wundervollen Sonnenschein im Wohnzimmer schlief und sich nicht sonnte, wie gewohnt. Er fragte, was passiert sei. Doch Conny war so erschrocken und konnte für den Moment nichts sagen, sie fragte nur, ob er schon länger da sei. Er sagte:

„Nein Schatz, ich bin eben erst gekommen, aber nun sage mir bitte, was mit dir los ist, du bist die ganzen letzten Wochen schon so anders!"

Conny benutzte einfach nur die Ausrede, dass sie Kopfschmerzen habe. Aber sie würde jetzt wieder aufstehen und mit nach draußen gehen. Sie sagte: *„Es wird schon wieder besser werden. Ich mache mir wahrscheinlich zu viele Gedanken, wie die Beziehung zu unserem Sohn weitergehen soll. Du bist zu verstockt, was die Liebe unseres Sohnes zu seinem Partner betrifft."*

Max nahm die Worte seiner Frau so hin und die beiden verbrachten diesen Abend gemeinsam. Sie aßen zu Abend und unterhielten sich an diesem Tag sehr lange über ihren gemeinsamen Sohn und über dessen Beziehung. Max unterbreitete seiner Frau den Vorschlag, sich mit seinem Sohn und dessen Lebensgefährten einmal an einem neutralen Ort zu treffen, um sich kennenzulernen. Das gefiel Conny sehr gut, es war ein kleiner Schritt in Richtung Verständnis seines Sohnes gegenüber. Conny rief daraufhin ihren Sohn Peter an und teilte ihm diese Neuigkeit mit, er war sehr erleichtert und freute sich darauf.

Während des Gespräches bekam Conny eine SMS von Jimmy, sie übergab das Telefon an ihren Mann, damit die Männer einen Termin für ein Treffen vereinbaren konnten.

Conny kümmerte sich derzeit um ihre gerade erhaltene Nachricht.

Jimmy schrieb: „*Ich freue mich sehr auf morgen, dich wieder zu treffen, dich sehen zu können, wie du dich in voller sexueller Habgier mich verwöhnst und ich mich an deinen Brüsten vergessen kann und dir deine Nippel hart kauen darf!*"

Conny wurde in diesem Moment knallrot. Sie verließ das Zimmer und hoffte, dass ihr Mann nichts davon bemerkt hatte. Ganz schnell antwortete sie Jimmy mit den Worten:

„Ich freue mich auch, dich zu sehen, liebe Grüße Conny!"

Am nächsten Tag fuhr sie sehr gut gelaunt zu Jimmy, die Sonne schien, sie hatte ihre Lieblingsmusik im Auto sehr laut, keiner konnte ihr heute diesen Abend mit Jimmy mehr nehmen. Sie freute sich auf diesen Mann und auf den Sex mit ihm. Den Gedanken, dass Jimmy nur ein Lügner sei, ließ sie an diesem Tag nicht zu, sie verdrängte ihn ganz einfach.

Sie fuhr auf den Parkplatz dieses Hotels, stoppte und schrieb gleich Jimmy, dass sie da wäre. Sofort kam er ihr entgegen, nahm sie in seine Arme und küsste sie. Sie wurde weich. Beide gingen in den Biergarten, der zu diesem Hotel gehörte, und bestellten sich etwas zu trinken. Sie bemerkte, dass Jimmy schon nach Alkohol roch. Er war sehr gut gelaunt und meinte, ob wir nach diesem Getränk nicht gleich auf sein Zimmer gehen möchten. Conny sagte NEIN, nachdem was ich mit dir im Internet auf dieser Seite erlebt habe, bin ich mir nicht sicher, ob wir überhaupt noch einmal Sex miteinander haben. Im Grunde sah es in ihr ganz anders aus, am liebsten hätte sie ihren Jimmy auf der Stelle geliebt.

Sie begann ihm Fragen zu stellen, über seine berufliche und private Situation, sie wollte heute alles wissen über ihn. Conny wollte die reine Wahrheit über seine Firma und über seine Lebenspartnerin.

Jimmy begann an zu erzählen, er wäre im Raum Stuttgart als Subunternehmer für mehrere Jahre tätig. Die Auftragsbücher sind prall gefüllt, auch zu Hause in Bayern gibt es viel zu tun. Die Firma sei momentan stabil und bringt sehr gute Umsätze. Die Zeit, wenn er einmal am Wochenende zu Hause ist, verbringt er mit kleinen Aufträgen und mit der Buchhaltung, die zur Firma gehören.

Die Angelegenheit mit seiner Partnerin ist, wie schon all die Jahre, sehr kompliziert. Sie verbringt sehr viel Zeit mit ihren Pferden, wichtige Dinge wie Haushalt und Grundstück verdrängt sie einfach. Er stelle sich für die Zukunft ein ganz anderes Leben vor, doch eben nicht mit dieser Frau. Aber um sich trennen zu können, ist der Zeitpunkt noch nicht gekommen. Als er vor Jahren, das Insolvenzverfahren hatte war es diese Frau, die zwei Kredite aufnahm, damit Jimmy wieder auf die Beine kam, um sich wieder selbstständig zu machen und damit sie sich zusammen ein neues Leben aufbauen konnten. Damit hätte seine Partnerin Steffi ihn in der Hand, sie verlässt sein Haus nicht eher, bis Jimmy das alles, bezahlt hat. Er wirkte in diesem Moment sehr gedrückt und unglücklich. Er trank an diesem Tag zu viel, bestellte sich ein Bier und einen Whisky nach dem anderen. Conny bemerkte, dass ihm das Reden sehr guttat, und hörte ihm andächtig zu.

Er erzählte weiter, dass er diese Frau nie geliebt hat, dass er mit ihr nie die ganzen Jahre so erfüllenden Sex wie mit Conny erlebt hat. Von dieser Hemmungslosigkeit und Hingabe sich sexuell auszuleben immer nur geträumt hatte. Conny war schockiert, doch in ihrem Leben war es nicht anders, die Vernunft hatte Oberhand. Sie erlebte an diesen Abend einen ganz anderen Jimmy, er war unglaublich sensibel. Jimmy wusste genau, was er wollte, doch sein vergangenes Leben spielte ihm zu sehr mit!

Jetzt begann Conny damit aus ihrem Leben zu erzählen, wie es dazu kam, dass sie nie ihr Studium angefangen hatte. Wie ihr Leben dreißig Jahre lang an der Seite eines erfolgreichen Rechtsanwaltes unglücklich verlief.

Nach etwa zwei Stunden beschlossen die beiden dieses Gespräch ein andermal fortzusetzen, zu groß war die Sehnsucht danach, sich zu verschlingen. Jimmy nahm Conny an die Hand und begab sich mit ihr in sein Zimmer.

Wieder liebten sich beiden hemmungslos, doch Conny spürte, dass doch etwas anders war. Jimmy konnte nicht abschalten und hatte den Kopf nicht frei. Sie hatte das Gefühl, er ist abwesend und funktioniert nur.

War es der viele Alkohol, oder hatte Conny mit dem Verdacht, dass Jimmy noch andere Frauen glücklich macht, recht? Es hätte an diesen Abend keinen Sinn mehr gemacht, darüber zu sprechen. Sie fuhr mit gemischten Gefühlen Jimmy gegenüber nach Hause. Kaum war sie losgefahren, kam schon eine SMS von Jimmy:

„Es war wieder sehr schön heute mit dir, danke!"

Sie konnte ihn immer weniger einschätzen, er war zu sprunghaft von einem Tag auf den anderen. Einmal, wenn er sich meldete, war er zu hungrig auf sie, dann wieder, meldete er sich oft eine ganze Woche nicht, was steckt hinter diesem Mann? Fragen über Fragen überkamen Conny. Sie wünschte sich eine Affäre, in der sie sich sexuell ausleben kann, was hat sie heute, einen Lover, der ihr zwar sehr guten Sex bietet und mit dem sie sich auch, sobald sie zusammen sind, sehr gut versteht, doch die Kommunikation in der Zeit, wenn sie sich nicht sehen können, eine Katastrophe ist. Sie zweifelte erneut an dem, was sie tat. Sie betrog ihren Ehemann mit einem Mann, der für sie völlig undurchschaubar scheint, einem Mann, von dem sie fast der Überzeugung ist, dass er sie in der Untreue mit Untreue betrügt. Von dem sie immer noch glaubt, dass er ihr irgendetwas verheimlicht, was sein Leben aus den Fugen laufen lässt. Sie beschloss vorerst, sich nicht mehr bei Jimmy zu melden. Sie musste zur Ruhe kommen, zu oft hat sie in letzter Zeit ihren Mann, ihren Sport und ihr gesamtes Leben, vernachlässig. Ihr wurde sehr deutlich, dass Jimmy sie beherrschte und ihren Tagesablauf viel zu sehr beeinflusste.

Nachdem sie mitten in der Nacht, zu Haus ankam, wartete ihr Mann im Wohnzimmer auf sie. Er bat sie um ein Gespräch. Conny äußerte den Wunsch, erst noch kurz duschen zu dürfen und war dann gerne bereit sich mit ihrem Mann zu unterhalten. Eingangs bat er Conny, ihr bitte zu sagen, wo sie jetzt so spät herkommen würde. Sie wurde in diesem Moment sehr nervös, zögernd sagte sie: *„Von einer Freundin. Ich habe mit ihr einen schönen Abend verbracht. Bitte Max, ich durchlebe im Moment eine Zeit, wo es mir wirklich nicht so gut geht.“*
Er fragte, was mit ihr los sei, auch er bemerkte eine sehr große Veränderung seiner Frau.
Doch Conny wollte und konnte ihm nicht die Wahrheit sagen. Sie nahm alle Kraft zusammen und verwendete eine Lüge, sie sagte zu ihrem Mann:
„Es sind sicher die Wechseljahre, heute habe ich mich mit meiner Freundin sehr lange über die Psyche einer Frau in dieser Zeit unterhalten. Dazu kommt noch die Angelegenheit mit unserem Sohn, ich mache mir ebenfalls sehr viele Gedanken darüber, wie alles

werden soll und was unsere Freunde und Bekannte dazu sagen werden, wenn das erst einmal bekannt wird!"

Ihr Mann verstand diese Antwort und machte ihr den Vorschlag, sich einmal bei seinem Freund und Psychologen vorzustellen, doch das lehnte Conny spontan ab. Niemals würde sie sich einen Freund gegenüber über ihre momentane Situation öffnen. Max konnte ja nicht einmal ahnen, dass Conny seit Monaten, ein Doppelleben führte, was ihr sehr viel Kraft abverlangt. Er ahnte ja nicht einmal etwas von Connys jahrelangen Sehnsüchten nach sexueller Befriedigung. Ihm reichte es vollkommen aus, dass Conny als Frau eines Rechtsanwaltes, neben ihm den Alltag meistert.

Nun erzählte Max von ihrem gemeinsamen Termin, ihrem Sohn und dessen Lebenspartner sich an einem neutralen Ort zu treffen, um sich kennenzulernen.

Es war der kommende Sonntag, in einem Restaurant, außerhalb der Stadt, wo man die Familie nicht so gut kannte. Conny willigte ein, sie freute sich auf dieses Treffen und war sehr neugierig ihren „Schwiegersohn" kennenzulernen.

Dann war der Tag gekommen, dass sie ihren Sohn Peter mit Anhang treffen würden, ihr Mann war sehr nervös auf der Fahrt dahin. Sie betraten das Restaurant und sahen die beiden Verliebten schon gleich sitzen. In diesem Moment standen Peter und sein

Partner auf und begrüßten die beiden. Ihr Sohn stellte uns als seine Eltern bei John vor. Conny fand John sofort sehr nett und anständig. Schnell kamen sie ins Gespräch. Max fragte ihn, was er beruflich macht und John fing an, von sich völlig ungezwungen zu erzählen.

Er arbeite in einer Universitätsklinik auf einer onkologischen Station. Bei ihm werden schwerkranke Menschen mit Leber und Darmkrebs im Endstation behandelt. Er ist Fachpfleger im Bereich Onkologie und wird ab dem nächsten Jahr zusätzlich ein Studium im Bereich Palliativpflege absolvieren, um später einmal betroffene Menschen und deren Angehörige fachmännisch und einfühlsam auf ihrem letzten Weg begleiten zu können. Man spürte sehr, dass John in seinem Beruf völlig aufgeht und ihn liebt. Max fand es interessant, diesen Weg eines Pflegers einmal aus dieser Perspektive zu sehen. Der Abend verlief sehr entspannend und Conny hatte das Gefühl, dass Max den Entschluss seines Sohnes mit einem Mann zusammmen zu leben, jetzt akzeptierte. Am Ende des Abends, als sie sich verabschiedeten sagte er zu seinem Sohn und John: *„Das nächste Mal, sehen wir uns bei uns zu Hause!"*

Jetzt freute sich Conny so sehr über dieses Angebot, dass sie ihren Mann sofort in den Arm nahm und ihn einen Kuss gab. Max war sichtlich überrascht über diese Reaktion seiner Frau. Zu Hause angekommen machte Conny eine Flasche Wein auf und sagte ganz spontan zu ihrem Mann: *„Komm Schatz lass uns diesen wundervollen Abend ebenso wundervoll zu Ende bringen!"*

Dieser Vorschlag gefiel Max, die beiden lagen eng umschlungen im Wohnzimmer. Es war ein vertrautes Gefühl, was Conny überkam. Sie erinnerte sich an schöne Zeiten, die aber eben schon viel zu lange her waren. Ja auch zwischen ihr und Max gab es anfangs Zeiten, wo sie sich zwar nicht hemmungslos liebten, aber doch mit etwas mehr Leidenschaft.

Max war an diesem Abend sehr locker, er machte mit ihr Witze und dabei vergasen die beiden sich und ihren Anstand. Max öffnete ihr ganz liebevoll ihr Kleid, zog es ihr aus, dann bewunderte er ihren sportlich geformten Körper, küsste sie leidenschaftlich auf den Mund, dann weiter über ihren Hals bis hin zu ihren Brüsten. Er verwöhnte Connys Körper völlig unbewusst bis hin zu ihrer Vagina. Conny ließ es zu, seit vielen Jahren wieder einmal von ihrem eigenen Mann, so verwöhnt zu werden. Sie nahm seinen Penis in die rechte Hand, mit der linken Hand, verwöhnte sie seine Hoden mit sehr viel Gefühl. Max wusste nicht, wie ihm geschah. Er hatte es jetzt sehr eilig in sie einzudringen, doch Conny wollte noch warten, zu schön war genau dieser Augenblick, sie wollte ihn genießen. Sie hatte vor, es eventuell nur einmal zusammen mit ihrem Mann zu erleben, wie er ihren G-Punkt verwöhnen würde. Doch Max ließ sich nicht darauf ein, er musste jetzt sofort in sie eindringen, er hatte seinen Spaß und Conny war sehr enttäuscht über diesen Akt, den ihr Mann wieder einmal nicht bis zu Ende führen konnte. Zu sehr hatte sie darauf gehofft, den sexuellen Wahnsinn nur einmal gemeinsam mit ihrem eigenen Mann erleben zu dürfen.

Die beiden schliefen ohne Worte, jeder für sich in seinem Bett ein und am nächsten Morgen ging es wie immer pflichtgemäß an den Alltag. Als ihr Mann das Haus verließ, um in seine Kanzlei zu fahren, entschuldigte er sich bei seiner Frau für das gestrige Verhalten am späten Abend. In diesem Moment wurde Conny so richtig klar, was ihr in ihrer Ehe fehlte. Sofort schrieb sie Jimmy eine SMS, mit der Bitte, ihn so schnell wie möglich sehen zu dürfen.

Doch er antwortete erst nach ein paar Tagen. Es war für Conny die schlimmste Zeit in ihren Leben auf diese Antwort zu warten. Sie ging durch die Hölle. Das Verhältnis zu ihrem Lover hatte sich schlagartig geändert.

Nur noch sehr selten schrieben die beiden am Tag, und wenn Jimmy überhaupt antwortete, dann nur ganz kurz und knapp, er habe gerade sehr viel Stress mit der Firma.

Conny verzweifelte, was war mit Jimmy nur geschehen, immer wieder kam die Frage in ihr auf, hat er doch noch viele andere Frauen?

Spontan schrieb sie ihm das so und wollte eine ehrliche Antwort. Doch Jimmy wusste damit umzugehen. Immer wenn er merkte, dass Conny Eifersucht zeigte, oder sich nicht meldete, lenkte er ein und schrieb ihr dann meist am späten Abend Dinge, die sie dahin schmelzen ließen. Er gestand ihr unter anderem, dass sie die Frau ist, mit der jede sexuelle Lust ausleben könnte, dass nur Conny die Frau ist, mit der alles im Leben schaffen könnte. Auf genau diese Worte wurde Conny immer wieder weich. Wenn sie diese las, vergaß sie alles um sich herum. Einmal kam von Jimmy nachts eine Mail, in der er ihr den Wunsch äußerte, mit Conny zusammen einmal in einem Swinger Club ganz allein ohne andere Besucher sich ausleben zu wollen. Er wünschte sich, Conny auf dem Gynäkologen-Stuhl in den Wahnsinn zu treiben. Das war ein Angebot, was sie sich nicht entgehen lassen wollte und sie willigte ein. Conny organisierte ein Treffen mit Jimmy in einem Swinger-Club, der genau dieses zu bieten hatte. Sie buchte diese Einrichtung für etwa fünf Stunden am helllichten Tage, wo sonst keine anderen Besucher anwesend waren. Jimmy schlug vor, am kommenden Wochenende nicht nach Hause zu fahren und hier in Connys Nähe zu bleiben, er möchte gern mit ihr zusammen erst in diesen Swinger-Club, anschließend wünschte er sich, mit ihr ganz schnicke Essen zu gehen, und die Nacht mit ihr in einem schönen Hotel zu verbringen. Das gefiel Conny sehr gut, doch musste sie sich jetzt erneut eine Lüge ihrem Mann gegenüber einfallen lassen, wo sie diese Nacht verbringen würde. Lange überlegte sie, bis sie den

genialen Einfall hatte, sie könnte doch einmal, nur um abzuschalten, für zwei Tage zu einer alten Schulfreundin fahren. Max kannte
sie nicht, somit könnte der Plan sehr gut funktionieren. Gleich am
Abend, als ihr Mann nach Hause kam, besprach sie dies mit ihm.
Er hatte nichts dagegen, wenn es seiner Frau helfen würde, um
wieder zu sich selbst zu finden. Er fand es nur sehr schade, dass
sie genau an diesem Wochenende verreisen möchte, da sie ja
beide bei einem befreundeten Rechtsanwalt zum Geburtstag eingeladen waren. Oh, Mist, das hatte Conny in ihrer Planung völlig
vergessen. Aber Max respektiere ihren Entschluss, lieber zu dieser
Freundin zu fahren.

Drei Tagen später sollte es so weit sein. Conny wird sich mit
Jimmy zwei wundervolle Tage machen. Sie freute sich, ging als
Erstes einmal wieder zum Sport, um wieder in Form zu kommen.
Dann legte sie einen Tag zum Joggen ein, sie wollte großartige
Kleidung tragen, alle sollten die Frau neben Jimmy bewundern. Sie
erkannte sich nicht wieder, alles war so voller Sonnenschein.

Einen Abend, bevor sie verreiste, meldete sich ihr Sohn
Peter telefonisch bei ihr. Er lud seine Eltern für den kommenden
Sonntag zum Essen zu sich nach Hause ein. John ist ein leiden-
schaftlicher Hobbykoch und möchte sein Können einmal beweisen.
Auch Johns Eltern sind eingeladen, er meinte, das wäre eine
schöne Gelegenheit, sich etwas näher kennenzulernen.

Conny freute sich sehr über diese Einladung und bedankte sich ganz herzlich. Sofort rief sie ihren Mann in der Kanzlei an, um ihm diese Neuigkeit mitzuteilen. Doch seine Sekretärin meinte nur, dass er nicht im Haus sei. Nun versuchte sie, ihn auf seinem Handy zu erreichen, doch es war leider ausgeschaltet. Conny machte sich darüber keine Sorgen, dann würde sie es ihm eben am Abend mitteilen.

Max freute sich ebenfalls über diese Einladung und fragte nur, ob bis dahin seine Frau von ihrer Reise wieder zurück wäre, Conny antwortete mit: *„Ja, ja ich bin am Samstag gegen 15:00 Uhr wieder zurück, so ist es mit meiner Freundin abgesprochen."*

Endlich war der Tag gekommen, an dem sie sich mit Jimmy in diesem Swinger-Club verabredet hatte, sie war wie immer pünktlich, nur Jimmy ließ wieder einmal auf sich warten. Conny wartete wie verabredet, etwa fünfhundert Meter vom Gebäude entfernt, auf einem Parkplatz. Sie wollte nicht genau auf diesem Grundstück mit ihrem Auto gesehen werden. Jimmy kam nach etwa einer viertel Stunde ebenfalls da an. Es war für Conny schon ein sehr komisches Gefühl, mit ihm in diese Einrichtung zu gehen. Doch mit der Zeit wurde sie, was das betraf, immer eiskalter. Sie wollte nur noch guten Sex zusammen mit Jimmy erleben. Die beiden wurden vom Inhaber herzlich begrüßt und eingewiesen, er zeigte uns alle

Zimmer, die für uns ganz allein zur Benutzung bereitstehen. Conny bemerkte gleich auf den ersten Blick, dass es überall sehr sauber und gepflegt war. Es gab einen kleinen Vorraum, in dem jeder Gast seine Straßenschuhe ausziehen musste. Danach ein Zimmer mit Duschen und Toiletten. Alles superschön. Dann kamen sie in einen Raum, in dem es eine sehr große Spielwiese für viele Paare gab, sie war rundherum mit Spiegeln bestückt. In einem Nebenraum gab es ebenfalls ein übergroßes Wasserbett, mit einer Massageliege und einem Andreaskreuz. Es gab eine kleine Bar mit einem Tresen und vier Barhockern. Die beiden waren nun schon sehr gespannt auf ihr Zimmer mit diesem Gynäkologen-Stuhl. Jimmy ging ganz aufgeregt in Richtung des letzten Zimmers und sagte zu dem Inhaber: *„Und das ist mit Sicherheit unser Liebesnest?"*

„Ja" antwortete er, *„aber sie können auch sehr gern alle anderen Möglichkeiten hier nutzen. Sie sind die nächsten Stunden hier ganz allein, wie sie es gewünscht haben."*

Genial dachte Conny so für sich und ihr Herz schlug wie verrückt vor Freude. Sie strahlte ihren Jimmy an und küsste ihn.

Er sah sie von oben nach unten an und bewunderte sie. Ja, sie hatte sich auch für diesen ganz besonderen Anlass sehr schick gemacht. Conny trug ein gelbes, hautenges Kleid mit einem schwarzen breiten Gürtel, dazu wechselte sie ihre Straßenschuhe mit unglaublich schönen und reizvollen High Heels in Schwarz. Ihre braungebrannte Haut und ihre sportliche Figur ließ sie unglaublich sexy wirken. Er nahm sie in den Arm, strich ihr über ihr Haar und sagte: *„Jetzt gehörst du nur mir.“*

Ab jetzt gab es nur noch die beiden. Jimmy fragte, was sie trinken möchte. Conny war völlig locker und entspannt und entschied sich für Champagner. Jimmy nahm sich aus der Bar ein Bier für den Anfang und einen Whisky, beide tranken einen großen Schluck auf diese wunderbare Zeit. Sie machten es sich an dem Tresen auf den Barhockern etwas gemütlich, stießen auf die Auszeit vom Alltag an. Conny ging es so gut an Jimmys Seite, dass sie gleich noch ein zweites Glas Champagner hastig trank. Jetzt hatte sie das Gefühl der Schwerelosigkeit für sich gemietet. Sie konnte von Jimmys Körper nicht genug haben. Er stand auf, ging zu ihr, stellte sich zwischen ihre Beine und sagte:

„Na du, dir geht es ja super gut“, begann dabei ihr das Kleid zu öffnen und ihr es auszuziehen, genussvoll liebkoste er ihre Ohrläppchen. Er vernaschte ihre Brustwarzen durch die wunderschöne und reizvolle Unterwäsche, die Conny trug.

Er öffnete dabei seine Jeans und holte ihr liebstes Spielzeug heraus. Sie positionierte sich auf diesen Barhocker so, dass Jimmy mit seiner Liebesstange an ihrer Venus spielen konnte. Sie schlug ihre Beine weit gespreizt auf Jimmys Schultern und er versenkte sehnsuchtsvoll sein „Bärchen“ in Conny. Es war ein kurzer, aber unglaublicher Moment der Erektion, der bei beiden große Lust auf

mehr machte. In diesem Moment sagte Conny:

„Heute möchte ich bitte, dass du mein Sklave bist, ich möchte,

dass du heute tust, was ich von dir verlange."

Jimmy gefiel es ihr Sklave zu sein und meinte lächelnd: *„Warum*

nicht, ich bin bereit!"

Sie verlangte als Erstes ein weiteres Glas Champagner. Mit diesem

begab sie sich graziös in Richtung Gynäkologen-Stuhl, bat Jimmy

ihr bitte zu helfen sich in diese Stellung zu bringen. Mit ihren High

Heels war es allein nicht so einfach. Jimmy gab Hilfestellung, mit

einer Hand hielt sie ihr Glas fest und mit der anderen ließ sie sich

von Jimmy leiten. Er erfragte dann schmunzelnd, was er jetzt ma-

chen sollte. Sie meinte zu ihm:

„Ach Herr Doktor, ich glaube, ich benötige einmal eine Untersu-

chung am gesamten Körper, ich weiß auch nicht, irgendwie fehlt

mir etwas!"

Darauf Jimmy: *„Oh ganz kleinen Moment bitte, ich bin sofort bei*

ihnen!"

Er nahm, das Stethoskop, was an der Wand hing und fing an

Conny abzuhören. Das war sehr lustig, Jimmy meinte: *„Naja, ich*

höre bei ihnen einen sehr heftigen Herzschlag, ihr Herz schlägt viel

zu schnell!" Daraufhin wollte sie unbedingt wissen, was man dage-

gen tun kann oder ob bei ihr jede Hilfe jetzt schon zu spät kommt.

Er: „*Als Ersten sollten sie noch einen großen Schluck aus ihrem Glas trinken, dann werde ich sie mit den mir zur Verfügung stehenden Geräten und Techniken ganz gründlich untersuchen!*"

Sie: „*Oh ja bitte ganz langsam und behutsam Herr Doktor!*"

Jimmy schmunzelte, auch ihm gefiel dieses Spiel. Doch ehe er die Untersuchung beginnen konnte, müsste Conny ihre Beine spreizen und diese in die dafür vorgesehenen Halterungen legen, sie gehorchte. Jimmy wurde immer zärtlicher und entspannter. So locker erlebte sie ihn noch nie, er war voll bei der ihm aufgetragenen Sache. Conny entging dabei Jimmys extreme Geilheit nicht, wollte ihn aber heute einmal so richtig zappeln lassen.

Er massierte ihren äußerst sexy Körper, überall wo sie es in diesem Moment verlangte. Sie wurde dabei wahnsinnig, als er mit seinen zarten Händen in die Nähe ihrer sehnsuchtsvollen Lustgrotte kam, wieder schrie sie Worte, die niemals zu ihrem Wortschatz gehörten. „*Ja Jimmy gib mir deine Hand in meine Muschi, ich möchte deine ganze Hand in mir spüren!*"

Doch er ließ sich damit Zeit, er benutzte nur ein paar Finger, um Conny noch mehr in den Wahnsinn zu treiben. Und es gelang ihm, habgierig verlangte sie nach mehr, immer mehr und immer lauter. Sie schrie ihn an: „*Jimmy gebe mir deinen Schwanz, ich will ihn jetzt in meinem Mund, Jimmy gebe ihn mir bitte!*"

Sie flehte ihn jämmerlich an, doch Jimmy war ganz entspannt und relaxt, meinte nur lächelnd: *„Noch nicht, wir haben Zeit",* verwöhnte sie mit seinen Händen weiterhin am gesamten Körper. Streichelte und lutschte an ihren Brüsten, immer wieder versuchte sie an sein „Bärchen" zu kommen, doch es gelang ihr nicht. Dann nahm er seinen Penis selbst in seine rechte Hand und tat so, als ob er ihn in Conny einführen wolle, doch er zögerte, es machte ihm Spaß, Conny so leiden zu sehen. Sie freute sich auf Jimmys Penis zu sehr, voller heißem Verlangen flehte sie ihn an: *„Gib ihn mir Jimmy, bitte jetzt .... bitte Jimmy!"*

Tränen flossen über Connys Gesicht. Sie wurde schwerelos, lag auf diesen Stuhl ohne Regung und hechelte. Genau jetzt, als er spürte, dass sie im absoluten Wahnsinn angekommen war, nahm er sich etwas Erotik-Öl auf seine Finger und gab ihr sehr einfühlsam seine gesamte Hand in ihre Lagune der sehnsuchtsvollen Lust. Es fühlte sich für ihn sehr schön an, in Conny so tief damit einzutauchen. Er passte diesen einen Moment des Abspritzens von Conny genau ab, nahm seine Hand genau im richtigen Moment wieder von ihr. Ja Conny erlebte wieder mit Jimmy das allerhöchste der Gefühle, was ein Mann einer Frau schenken kann. Die Flüssigkeit spritzte durch den gesamten Raum und in die dafür vorgesehene Auffangschale unter diesem Stuhl.

Jetzt war auch Jimmy soweit Conny seinen Penis zu ihrem Munde zu führen, völlig erschöpft, aber überglücklich verwöhnte sie ihren

Liebhaber, auch er sollte auf seine Kosten kommen. Nach ein paar Minuten hielt es Jimmy nicht mehr länger aus und musste seinen Penis in Conny stecken. Er vollzog diesen Akt mit sehr viel Gefühl, Zärtlichkeit und Leidenschaft. Conny konnte wiederum nicht genug von ihm bekommen, sie liebten sich so heftig, dass beide zur gleichen Zeit im Himmel der sexuellen Befriedigung ankamen. Es war so wunderschön für Conny, mit Jimmy zusammen im gleichen Moment, einen Orgasmus zu erleben. Beide waren erschöpft, Jimmy half Conny noch von diesem Gynäkologen-Stuhl und sie fielen beide völlig zufrieden auf ihr Bett. Er lächelte sie kurz an und sagte: *„Komm Maus wir gönnen uns etwas Ruhe, das war so wunderschön!"* Auch Conny genoss es, sich neben Jimmy etwas auszuruhen.

Nach etwa einer halben Stunde überkam es Conny schon wieder, sie verstand das alles nicht, lies sich aber in diesem Moment nur von ihren Gefühlen leiten. Ihr Körper verlangte wiederholt nach Jimmy.

Er wünschte sich jetzt eine Massage, Conny willigte ein. Doch vorher gingen sie zusammen erst einmal duschen, genussvoll wuschen sich die zwei Besessenen gegeneinander, danach legte sich Jimmy auf diese dafür vorgesehene Liege. Conny begann seine Schultern und seine muskulösen Oberarme gefühlvoll zu massieren, dann fuhr sie mit ihren Händen in Richtung Jimmys Hüften, weiter zu seinen knackigen Hintern bis hin zu seinem „Bärchen". Er genoss es, lautstark von Conny so verwöhnt zu werden. Er drehte sich auf den Rücken und sie begann ganz langsam, mit etwas Öl Jimmy eine erotische Genitalmassage zu schenken. Mit ihren Händen verwöhnte sie in unterhalb seines Nabels bis hin zu seinen Oberschenkeln. Sie massierte ihn in Richtung Po, nahm seinen Penis nur zwischen Zeigefinger und Daumen und verwöhnte ihn mit langsamen Auf und Abbewegungen. Dann nahm sie ihn, mit ihren Lippen, um Jimmy so richtig in Stimmung zu bringen. Das gelang ihr ganz schnell, Jimmy lag völlig entspannt auf dieser Liege und stöhnte voller Wohlbehagen. Nun ließ sie kurz von ihm ab und flüsterte Jimmy ganz zärtlich ins Ohr, dass sie jetzt große Lust hätte, ihn an dieses Andreaskreuz zu fesseln, um ihn da verwöhnen zu wollen. Er willigte sofort ein, verließ die Liege und stelle sich an das Kreuz, um von Conny festgeschnallt zu werden. Sie genoss den Anblick Jimmys durchtrainierten Körper so hilflos zu sehen und ihn jetzt richtig quälen zu können, so wie er sie quälte auf diesen Gynäkologen-Stuhl. Nachdem Jimmy völlig machtlos war und an Armen und Beinen festgemacht war, begann Conny splitternackt vor ihm stehend in ihrem sexy High Heels ihn ganz zärtlich am Kopf zu graulen, das liebte Jimmy schon immer. Dann fuhr sie mit ihren langen Fingernägeln ganz langsam über seinen Körper, so dass er eine Gänsehaut bekam. Er zitterte am ganzen Leib, als sie in Richtung seines Penis kam, doch dann, gerade als er es genießen wollte, ihre Hände daran zu spüren, stoppte Conny und fragte ihn, was er sich jetzt gerade wünscht von ihr. Jimmy antwortete: *„Nimm ihn zwischen deine süßen Lippen, verwöhne ihn, bis er explodiert."*

Conny erfüllte ihm nur sehr zögernd diesen Wunsch, Jimmy wurde wahnsinnig, immer, kurz bevor sie mit ihren Lippen an Jimmys Penis war, stoppte sie wieder, tanzte voller Lust vor ihm und sang. Sie war so etwas von geil. Sie erkannte sich selbst nicht wieder, wollte aber auch in diesem Moment an nichts Anderes denken. Niemals hätte sie sich so ein wunderschönes Erlebnis erträumt. Dann nahm sie wieder Jimmys Penis zwischen ihre Lippen, er stöhnte vor Geilheit und schrie: *„Ja Maus komm, komm zu mir!"* Sie stoppte wiederum, drehte sich mit dem Rücken zu ihm, lehnte sich etwas nach vorn und nahm sich sein „Bärchen", um ihn von hinten in sich zu spüren. Wieder stöhnte er unersättlich. Conny erreichte wiederum den Wahnsinn ihrer sexuellen Lust und spritzte erneut gewaltig ab. Danach gab sie Jimmy endlich, was er sich lautstark wünschte, sie nahm seinen „Bärchen" in ihren Mund, danach seine Hoden, sie verschlang alles, was Jimmy zu bieten hatte. Er erlebte den absoluten Wahnsinn. Völlig geschafft hing er nach vorn gebeugt an dem Lustkreuz, Conny befreite ihn und beide gingen ohne Worte zusammen in ihr Zimmer und ruhten sich wiederum aus.

Nach etwa einer Stunde beschlossen sie, dass sie beide sich jetzt frisch machen werden und dann zusammen in ihr Hotel fahren, wo sie den Abend und die Nacht zusammen verbringen werden. Doch vorher müsste jeder noch seinen Partner kurz anrufen und sich bei ihm melden. Jimmy erledigte es, als Conny duschen war, Conny rief ihren Mann an, als Jimmy duschen war. Sie meldete sich bei ihm mit: *„Hallo Schatz", Max fragte gleich: „Na dir geht es ja, wie es scheint, sehr gut?"* In dem Moment hatte es Conny geschafft, den Schalter sofort umzulegen. Sie sagte: *„Ich freue mich eben, nach über dreißig Jahren wieder eine alte Freundin aus meiner Jugendzeit zu treffen und mit ihr ein paar nette Stunden zu verbringen und ich freue mich ganz sehr, auf Sonntag, wenn wir zusammen zu Peter und John fahren."*

Oh, das war knapp. Ihr Mann bat sie noch am nächsten Tag, nicht so spät nach Hause zu kommen, da sie ja noch für den Besuch bei ihrem Sohn ein kleines Geschenk kaufen müsse.

Sie: *„Oh ja Max, dass mache ich ganz bestimmt noch, sagte sie in Eile zu ihrem Mann"*, in dem Moment kam Jimmy gerade vom Duschen. Er schmunzelte nur und sagte kein Wort.

Gegen 18:00 Uhr kamen Jimmy und Conny in ihrem Hotel an. Er übernahm die Anmeldung an der Rezeption, kam dann mit der Zimmerkarte zu ihr und sagte: *„Dann wollen wir mal!"*

Conny strahlte ihren Jimmy wieder völlig verliebt an und er schmunzelte verlegen zurück. Im Zimmer angekommen, fragte sie ihn, ob sie, so wie sie angezogen ist, mit zum Essen gehen kann, oder ob sie sich noch einmal umziehen sollte. Er meinte:

„Du siehst umwerfend aus. Komm ich habe sehr großen Hunger!"

Während des Essens führten beide eine sehr interessante Unterhaltung. Conny fragte ihn, ob er zum ersten Male in so einem Club war. Er antwortete mit ja. Er hatte schon sehr oft, einmal das Bedürfnis so etwas zu erleben, aber dazu fehlte ihm immer die passende Frau und mit den Damen, die sich bereithalten, wenn der Club offiziell geöffnet hat, möchte er so etwas nie erleben wollen. Bei Conny war er sich ganz sicher, dass dies zu einem wunderbaren Erlebnis führen würde. Sie machte einen Scherz und meinte zu ihm: „Dafür, dass du das erste Mal das getan hast, hattest du aber sehr gute Erfahrung."

Jimmy beantwortete darauf mit: *„Naja, wenn ich ganz ehrlich bin, wollte ich mich vor dir nicht blamieren und habe mir so etwas vorher im Internet angesehen. Ich weiß ja, dass du um einiges älter bist und demzufolge sicher auch erfahrener bist!"*

Conny musste etwas schmunzeln: *„In dieser Angelegenheit bin ich totaler Anfänger, ich sagte dir schon einmal, dass Sex in meiner Ehe so gut wie keine Rolle spielt. Aus diesem Grund habe ich ja diesen Gedanken gehabt mir einen Liebhaber zu suchen, da ich diesen Zustand nicht mehr länger ausgehalten hatte."*

Sie fragte Jimmy, ob er mit seiner Lebenspartnerin einmal so etwas vorhabe, sofort antwortete er mit: *„Niemals!"* Sie wäre das ganze Gegenteil von Conny, oft sehr ungepflegt, sie würde nie auf ihr Äußeres achten. Für sie ist es nur wichtig, nach ihrer Arbeit in den Stall zu ihren Pferden zu gehen, mehr nicht. Steffi ist keine Frau, mit der ein Mann diese Art von Sex genießen möchte. Conny machte große Augen, sie selbst war schon immer eine Frau, die auf Sauberkeit und ein gepflegtes Äußeres achtete. Jetzt wollte sie noch mehr über sein Leben und das Insolvenzverfahren damals wissen. Jimmy fing an, ausführlich zu erzählen, wieder hatte Conny das Gefühl, es verschafft ihm Erleichterung. Er erzählte ihr, dass er ein Einzelkind sei, seine Eltern jedoch auf Grund des Geschäftes, was er jetzt in dritter Generation führt, oft auf sich selbst gestellt war. Geld war immer mehr als genug da, doch das ersetzte nicht die Liebe, die sich Jimmy so oft von seinen Eltern wünschte. Nachdem er dann seine Lehre in der elterlichen Firma abgeschlossen hatte, beschloss er, so schnell wie es ihm nur möglich war, seinen Meistertitel zu machen. Kurz nach dem Abschluss verstarb sein

Vater, der die Firma mit fast sechzig Angestellten leitete, ganz plötzlich. Es gab ein ziemliches Durcheinander mit bestehenden Aufträgen und Rechnungen von bereits abgearbeiteten Aufträgen. In dieser Zeit gab es unglaublich viel einerseits an Aufträgen abzuarbeiten, anderseits hatte nun Jimmy plötzlich die gesamte Verantwortung für die Firma allein. Sein Vater fehlte von einer Minute auf die andere in jeder Hinsicht. Nach etwa zwei Jahren erkrankte Jimmy an Burnout, schweren Herzens musste er alle Angestellten leider entlassen und es folgte die Insolvenz. Er stand vor dem Nichts.

Seine neue Lebenspartnerin Steffi, ermöglichte ihm einen Neustart, zwar nur im ganz kleinen Rahmen, aber Jimmy konnte wieder arbeiten und sein eigenes Geld verdienen. Er ist sehr ehrgeizig und zielstrebig. Ihm sei es auch gelungen in den letzten Jahren wieder regelmäßig Aufträge zu sichern, um seine Kosten zahlen zu können. Nur seine schwerwiegende Krankheit hat er aus Zeit- und Geldgründen nie therapieren lassen können. Die Ausfallzeit wäre zu lange gewesen. Doch genau das hängt ihm heute sehr oft noch nach. Immer wieder wird er sehr depressiv, auch trinkt er dann zu oft genau aus diesem Grunde zu viel Alkohol. Er hat hin und wieder dann zu große Angst wieder zu versagen. Conny hörte aufmerksam zu, wie Jimmy sich ihr gegenüber öffnete. Er bestellte sich in diesem Gespräch schon den dritten Whisky, Conny sagte dazu erst einmal nichts und wollte mehr wissen über seine Beziehung, wieso es da immer nur Streit gab und mit Sicherheit immer wieder geben wird. Jimmy nahm einen Schluck von seinem Whisky und sprach zu ihr. Er hatte sich schon immer eine Frau wie sie gewünscht, auch er möchte ein Harmonisches zu Hause haben, in dem er nach getaner Arbeit, sich in den Armen seiner Frau sehr wohl fühlen kann. Doch seine jetzige Partnerin kann und will ihm das nicht bieten. Wenn er von seiner Montagearbeit nach einer Woche nach Hause kommt, steht kein Essen bereit und das Haus ist schmutzig, dazu sitzt sie dann sehr ungepflegt in der Küche oder im Wohnzimmer und spricht kaum mit Jimmy. Auch kümmert sie sich nie um geschäftliche Angelegenheiten, alles hängt an ihm. Ob dringende Postangelegenheiten oder die Einsortierung von Rechnungen für den Steuerberater. Das ist der Grund, wieso er sehr oft spät in der Nacht in sein Büro gehe, sich etwas Alkohol dazu stellt und sich auf bekannten Internetseiten sich seinen Spaß beim Chatten mit anderen Frauen sucht. Da bekommt er die Möglichkeit etwas abzuschalten. Als er das Conny beichtete, wurde er sehr melancholisch und hatte ein paar Tränen in den Augen. Conny wollte gern wissen, ob sich Jimmy schon sehr oft mit fremden Frauen aus dem Internet getroffen und mit ihnen Sex hatte, das verneinte er sofort. Die Kontakte waren immer nur virtuell gewesen. Damit stellte sich bei ihr die Frage, warum dann ausgerechnet ich? Jimmy begründete das mit einer kurzen Antwort: *„Du warst so anständig und ehrlich, nicht wie all die anderen Frauen, diese suchen alle nur einen Ernährer und einen neuen Vater für ihre Kinder!"*

Diese Antwort gab Conny zu denken und sie bedankte sich mit einem Kuss bei Jimmy.

Er begann nun nach ihrem Leben zu fragen, was sie dazu bewegt hatte, nach so vielen Jahren ihren Mann zu betrügen.

Sie begann von der Zeit an zu erzählen, als sie ihren Mann kennenlernte. Sie war ein junges Mädchen und hatte gerade ihr Abi in der Tasche, ihr großer Wunsch war es, ein Studium zur Psychologie anzutreten. Das war für Conny damals ihr Traumberuf. Sie hatte auch schon einen Studienplatz in München. Doch dann wurde sie schwanger. Ihr Sohn Peter war unterwegs. Da ihr Mann zehn Jahre älter als Conny ist und einen sehr sicheren Beruf hatte, bestand er darauf, dass Peter in wohlbehüteten Familienverhältnissen aufwachsen sollte. Also trat Conny das geplante Studium nicht an und erwartete im neu gebauten Haus ihren Sohn. Nachdem er in einem Alter war, wo er in die Vorschule und später zur Schule ging, war es zur Gewohnheit für meinen Mann und für unseren Sohn geworden, dass ich allen den Rücken freigehalten habe und ich mich ganz allein um das Haus, das Grundstück und die Schule kümmerte. Dass ich immer, wenn sich Kollegen und

Freunde meines Mannes zu Besuch anmeldeten, schön kochte und sie bewirtete. Als unser Sohn dann sein Studium zum Architekten begann, merkte ich, dass es für mich keine Chance mehr gab, in irgendeinen Beruf einzusteigen. Ich hatte zwar mein Abitur damals mit einer glatten Eins bestanden, doch ich war zu lange Hausfrau und Mutter. Also nahm ich die Situation, so wie sie war, für mich an. Ich gestaltete meinen Tagesablauf mit Wellness, Treffen mit Freunden, Einkaufen und Sport. Doch ich merkte immer häufiger, dass mir etwas Wichtiges im Leben fehlte. Jimmy lenkte ein und sagte: *„Liebe, Sex und Zärtlichkeit!"*

„Ja Jimmy, genau das hat mir gefehlt und du hast mir heute wieder gezeigt, wie schön es sein kann."

Er machte ihr den Vorschlag den Abend in der benachbarten Bar weiter zu führen, da er nur noch den Abend von seiner schönen Seite her mit ihr genießen wollte. Weit ab von Alltagssorgen und Stress. Ohne jeglichen Gedanken an den anderen Partner. Conny war dabei. Sie gingen Hand in Hand in diese Bar. Jimmy bestellte für Conny eine Flasche Champagner und für sich wieder einen Whisky, dazu gleich einen Doppelten. In diesem Moment versuchte Conny ihn zu stoppen, er hatte schon so sehr viel an dem Abend davon getrunken. Sie wünschte sich, in dieser Nacht noch einmal von Jimmy wundervoll geliebt zu werden. Er sah sie an, lächelte und gab eine neue Bestellung auf, diesmal einen Kaffee und ein Glas Wasser. Das freute Conny. Sie gab ihm einen Kuss und sagte: *„Respekt und vielen Dank!"*

Nach etwa einer Stunde merkte sie, dass Jimmy sehr müde wurde, sie machte ihn den Vorschlag, den Rest der Flasche Champagner mit in ihr Zimmer zu nehmen und den Abend da ausklingen zu lassen. Er war der gleichen Meinung und sagte: *„Ja ich wäre jetzt mit dir sehr gern allein!"*

Kaum im Zimmer angekommen, packte Jimmy seine Geliebte und nahm sie auf diesem wundervollen Bett in seine Arme, bedankte sich bei ihr für diesen unvergesslichen Tag. Dabei wirkte er auf Conny sehr depressiv und nachdenklich. Sie machte sich Sorgen um Jimmy, sie dachte, als sie in seinen Armen lag, sehr viel über sein verkorkstes Leben nach. In ihrer lief die letzten Jahre fast alles in geregelten Bahnen, doch bei Jimmy? Er war ein herzensguter Mensch, doch das Leben spielte ihm bitter mit. Er irrte seit Jahren durch die Welt, nur um Liebe zu finden. Sie wusste in diesem Moment nicht, wie sie das alles einschätzen sollte, erzählte er ihr die Wahrheit?

Zusammen schliefen Conny und Jimmy Arm in Arm völlig geschafft ein. Sie kraulte ihn, wie er es immer so sehr liebte dabei am Kopf. Conny genoss es dabei, wie er sich in ihrer Nähe fallen lassen konnte und wie ein kleines zufriedenes Kind mit ihr zusammen einschlief.

In dieser Nacht bemerkte Conny, dass Jimmy sehr unruhig schlief, er sprach im Schlaf und sagte immer wieder: *„Lass mich in Ruhe, ich muss schlafen, ich habe kein Geld",* was bedeutete das?

Am nächsten Morgen erwachte er, in den Armen von seiner Affäre, er schmiegte sich immer mehr an sie, Conny war das ganz lieb so und sie genoss es ebenfalls. In diesem Moment verschmolzen beide Körper ganz spontan ineinander, bis sich Jimmy und Conny wieder in dem Rausch eines hemmungslosen Sexes befanden. Er fragte sie danach: *„Können wir beide nicht für immer hierbleiben?",* doch diesen Wunsch konnte Conny ihren Geliebten leider nicht erfüllen.

Nach dem gemeinsamen Frühstück, was sehr still verlief und Jimmy die gesamte Rechnung vom Hotel beglichen hatte, gingen beide mit ihrem Gebäck zu ihren Fahrzeugen, in diesem Moment reichte Conny ihm einen Briefumschlag und bedankte sich damit für die letzten unvergesslichen Stunden, sie sagte:

„Jimmy, dass was du mir geschenkt hast, ist mit keinem Geld der Welt zu bezahlen! Danke für die wunderschöne Zeit!"

Mit sehr viel Wehmut verabschiedeten die zwei Verliebten sich voneinander. Mit Tränen in den Augen fuhren beide in ihr reales Leben zurück.

Auf der Fahrt nach Hause gingen Conny all die wunderschönen Erlebnisse der zwei letzten Tage durch den Kopf. Die Erlebnisse in diesem Swinger-Club. Der Abend im Hotel mit Jimmy, er erzählte so viel über sich und sein kompliziertes Leben. Conny wurde jetzt klar, dass sie in ihrem Leben sehr viel Glück hatte und dass ihr damit sehr viel erspart geblieben war. Sie hatte ein geregeltes Leben. Schuldgefühle ihren Mann gegenüber überkamen Conny. Sollte sie ihm, wenn sie zu Hause ist, die Wahrheit sagen? Sollte sie ihm erklären, dass sie ihn seit Monaten betrügt? Damit wäre das Aus ihrer Ehe gekommen. Sie wusste, ihr Mann würde sich sofort trennen und was sollte dann ihr Sohn von ihr denken? Zu viel würde sie verlieren, doch Jimmy möchte sie auch nie wieder hergeben. Was sollte sie nur machen, eine Zukunft mit Jimmy würde niemals funktionieren, sie hatten versprochen, dass sie nur eine Affäre wollte. Zu verschieden verlief beider Leben. Zu groß ist für Conny der Altersunterschied.

Sie selbst lebt in gesicherten Verhältnissen und bei Jimmy ist jeder Tag anders, er muss täglich kämpfen, um seinen Lebensunterhalt zu verdienen und um seine Firma überhaupt halten zu können.

In diesem Moment kam bei ihr eine SMS von Jimmy an, er schrieb: *„Danke Conny, für dieses Geld wiederholen wir diese geniale Aktion der letzten Tage! Bussi Jimmy!"*

Sie schmunzelte, da sie wusste, dass es bei Jimmy doch hin und wieder finanziell klemmte, hatte sie ihm zum Abschied einen Briefumschlag mit fünfhundert Euro für dieses wunderschöne Wochenende in die Hand gegeben. Conny wollte nicht, dass er allein all die vielen Kosten tragen sollte, immerhin hatten beide ihren Spaß gehabt!

Fast zu Hause angekommen fiel ihr gerade noch ein, dass sie noch ein Präsent für ihren Sohn besorgen musste, irgendwie hatte sie fast keinen Einfall, was schenkt man seinen Sohn und seinen Lebenspartner zum ersten Besuch? Sie hielt an einem sehr guten Blumengeschäft an und kaufte eine wunderschöne Orchidee, ihr Sohn liebte Orchideen, sie ließ diese in eine sehr außergewöhnliche Schale aus weißem Porzellan pflanzen. Nun fuhr sie zu ihrem Weinhändler und kaufte noch ein paar Flaschen sehr guten Rotwein.

Als sie gegen vierzehn Uhr zu ihrem Haus fuhr, wunderte sie sich, dass alle Jalousien im Haus noch geschlossen waren. Sie stellte in Eile ihren Wagen vor dem Haus ab und lief sehr schnell hinein. Sie schloss auf und rief ihren Mann. Doch er antwortete nicht, in großen Schritten rannte sie die Treppen hinauf zum Schlafzimmer. Sie sah ihren Mann im Bett fast regungslos liegen. Sie rüttelte ihn wach, dabei sah sie, dass er schweißgebadet war, sie fragte ihn, was passiert sei. Conny ließ etwas Licht, und frische Luft ins

Zimmer und sagte zu ihrem Mann: *„Max was ist passiert, warum hast du mich nicht angerufen?"*

Max wollte und konnte jetzt nicht sprechen. Conny sagte: *„Ich rufe jetzt einen Arzt!"* Doch Max lehnte das sofort ab und sprach zu Conny: *„Bitte keinen Arzt, wenn es mir wieder bessergeht, werde ich dir erzählen, was passiert ist, jetzt möchte ich nur noch schlafen!"*

Sie wusste nicht, wie sie das alles einschätzen sollte, hatte er nur eine Erkältung? Was war mit ihrem Mann passiert?

Conny ging in die unterste Etage und zog alle Jalousien nach oben. Dann ging sie zum Auto, fuhr es in die Garage und räumte all ihre Sachen aus. Ihr Gewissen wurde ihren Mann gegenüber immer schlechter, Angst machte sich in ihr breit. Sie hatte wilden Sex mit Jimmy in einem Swinger-Club, dann der Abend und die Nacht mit ihm, in dieser Zeit ging es ihren Mann schon sehr schlecht, was hat er? Fragen über Fragen. Schon morgen sind sie beide bei ihrem Sohn eingeladen zum Mittagessen, kann Max da überhaupt mit? Nun ging sie wieder nach oben zu ihrem Mann, sie setzte sich auf dessen Bett und bat ihn an, ihm aufzuhelfen und mit ihm ins Bad zu gehen, damit sie ihm dabei helfen kann, sich etwas frisch zu machen. Er willigte ein. Zusammen liefen sie sehr langsam in ihr Bad, da Max sehr schwach war, holte sie einen Stuhl ans Waschbecken. Sie kümmert sich rührend um ihren Mann. Anschließend machte sie sein Bett frisch und bat ihn, sich wieder hinzulegen. Sie reichte ihm ein Glas Wasser und fragte, ob er eine Kleinigkeit essen möchte. Max sagte: *„Ja, bitte etwas Zwieback:"* Sie lief in die Küche und holte Zwieback und bereitete ihrem Mann einen geriebenen Apfel zu, das hatte früher immer Peter sehr gut geholfen, wenn er einmal krank war. Als sie nach oben kann, saß Max in seinem Bett und sagte: *„Mach dir bitte keine Sorgen um mich, ich bin gestern sehr spät von dieser Geburtstagsfeier nach Hause gekommen. So wie es aussieht, habe ich da etwas Falsches gegessen. Die ganze Nacht musste ich mich übergeben."*

Conny atmete auf, gut sprach sie, du bleibst heute hier im Bett und ich rufe Peter an. Ich erkläre ihm die Situation und wir werden erst morgen früh entscheiden, ob wir zu ihm fahren oder nicht. Er und sein Partner werden es mit Sicherheit verstehen, wenn wir absagen würden. Wir können dieses Treffen mit Johns Eltern ja jederzeit nachholen. Max wirke sichtlich erleichtert. Conny gab ihn einen Kuss auf die Stirn und sagte: *„Wird schon wieder!"*

Ein paar Minuten später hatte sie Peter am Telefon und erklärte ihm die Situation mit seinem Papa. Er hatte natürlich sehr großes Verständnis. Die beiden verblieben mit der Absage bis zum nächsten Tag. Er wünschte noch eine gute Besserung und hoffte, dass seine Eltern zu dem Essen und zu dem Treffen mit Johns Eltern doch noch kommen würden.

Der Abend verlief sehr ruhig, Max schlief sehr viel, Conny war im Wohnzimmer und sah fern. Sie ließ alles, was die letzten Tage passierte, noch einmal wie einen Film vor sich ablaufen. Dachte an Jimmy und an die wundervollen Erlebnisse, dachte darüber nach, was er doch für ein sehr sensibler Mann ist. Es war schwer, ihn einzuschätzen. Am Computer oder am Handy, wenn sie miteinander schreiben, ist er der coole Typ und schreibt auch ganz locker über seine sexuellen Wünsche. Er ist ein Mann, der unglaublich gut mit einer Frau flirten und sie einwickeln kann. Doch wenn er Conny gegenübersitzt, und von seinem Leben erzählt, ist er sehr oft den Tränen nah. Anfangs glaubte sie, er sei ein Schürzenjäger. Nach diesem Abend gestern hat sie ein ganz anderes Bild von ihm. Sie musste sich eingestehen, dass sie Jimmy vor ein paar Wochen Unrecht tat. Sie versteht ihn, wenn er sich Ablenkung im Internet sucht, um den ständigen Streit zu Hause, wenn er schon einmal kurz zu Hause ist, zu entkommen. Ja, dann nimmt er sich eine Flasche, trinkt viel zu viel und macht dann seine Witze auf diesen Partnerseiten. Er weiß, dass er da nie eine Frau seiner Träume finden wird. Verstehen muss man das alles nicht, doch Conny kann es nachvollziehen. Jimmy befindet sich in einer, zurzeit aussichtslosen Situation. Andere Menschen gehen, wenn sie verzweifelt sind, in Spielhallen oder in Gaststätten, Jimmy lenkt sich im Internet ab. Er ist ein herzensguter und anständiger Mann, der sehr viel

Liebe und Zärtlichkeiten braucht. Nicht unbedingt nur ständig guten Sex, nein, er wünscht sich einfach nur ein geregeltes und harmonisches Familienleben. Seine Erkrankung das Burnout, was nie behandelt wurde, seine Lebensumstände als Subunternehmer und sein chaotisches Familienleben treiben ihn oft in Depressionen, dazu zu oft zu viel Alkohol. Jetzt verstand Conny auch, wieso er oft so schnell eingeschnappt war, wenn er sich gemeldet hat und Conny nicht gleich geantwortet hatte. Gegen Mitternacht ging sie in ihr Bett, sah noch einmal nach ihrem Mann, wie es ihm ging. Er schlief ganz fest und sah sehr entspannt aus. Als sie am nächsten Morgen erwachte, war das Bett ihres Mannes leer. Sie war erschrocken, ging schnell hinunter, um nach ihm zu sehen. Sie hörte, als sie auf halber Treppe stand, dass Max telefonierte. Sie hörte, wie er zu seinem Sohn Peter sagte: „*Wir kommen heute zu euch, mir geht es schon wieder besser. Doch bitte erlaube uns, erst nach dem Mittagessen zu kommen. Ich bekomme im Moment noch kein Essen runter und ich gestehe, wenn ich mit am Tisch sitze und euch so essen sehe, das wird mir sicher nicht bekommen. Aber John kann, wenn ich wieder richtig fit bin, gerne noch einmal für uns kochen!*"

Conny freute sich, dass ihr Mann diese Entscheidung getroffen hatte, es war von ihm eine super Idee, erst nach dem Essen zu ihnen zu fahren. So musste keiner auf etwas verzichten und wir konnten wie geplant Johns Eltern kennenlernen.

Gegen 15:00 Uhr trafen Max und Conny bei ihrem Sohn ein. Sie überreichten Peter diese wunderschöne Orchidee und für John eine Flasche edlen Rotwein. Zur Begrüßung von Johns Mutter hatte Conny ebenfalls einen kleinen Blumenstrauß und für seinen Papa eine gute Flasche Wein dabei. Herzlich wurden die beiden ebenfalls von den anwesenden Gästen begrüßt. Conny bemerkte sofort, dass sich in Peters Wohnung, sehr viel zu seinem Guten verändert hatte, und sprach dies auch so an. Sie war stolz auf ihren Sohn und dessen Partner, dass die Wohnung der beiden Männer so sehr modisch mit viel Geschmack und Liebe eingerichtet war. In der Zeit als Peter noch allein lebte, war es eher praktisch und einfach. Peter nahm dieses Lob gern an und sendete es in Richtung Küche zu John weiter, er ist hier verantwortlich für die Einrichtung und für die Dekoration. Alles sauber zu halten ist unsere gemeinsame Aufgabe, je nach Schicht von John, teilen wir uns in alles, was zu erledigen ist. Das gefiel beiden Elternpaaren. Sofort kam Max mit Johns Vater ins Gespräch. Die beiden waren sich darüber einig, dass es zu ihren Zeiten damals alles etwas anders war. Damit wurde eine heftige Diskussion ausgelöst, in der auch viel gelacht wurde. Inzwischen kam John mit der Torte, die er eigens für diesen Tag selbst gebacken hatte, Erdbeertorte mit

Jogurt, ganz lecker mit Sahnehäubchen dekoriert. Er servierte und bediente mit vollem Elan die lustige Runde. Für Max brachte er extra einen Tee.

Der Nachmittag verging wie im Fluge, Peter und John war die Erleichterung, dass die beiden Elternpaare sich Klasse verstanden, anzusehen. Am Abend kam Peter mit einer Flasche Champagner und Gläsern, nahm seinen John in den Arm und bat um eine kurze Gesprächspause an der Tafel. Alle waren sofort still. Peter schluckte und sagte: *„Wir beide möchten euch gerne bekannt geben, dass wir in zwei Wochen nach Las Vegas reisen werden, um in dieser wundervollen Stadt nicht nur Urlaub zu machen."*

Er sah John ganz verliebt an und sagte dann mit ihm gemeinsam: *„Wir werden in Las Vegas heiraten!"*

Alle freuten sich, gratulierten und prosteten sich gegeneinander auf eine gute Ehe der beiden Männer an. Nach dem das ausgesprochen war, hatte John noch etwas dazu zufügen:

„Natürlich feiern wir unsere Hochzeit, wenn wir wieder zurück sind, mit euch und unseren Freunden nach."

Max war zu dieser Sache sehr zurückhaltend, er wusste zwar, was sich gehörte und lies sich nicht anmerken, dass er im Grunde diese ganze Angelegenheit immer noch nicht akzeptieren kann. Er fand John zwar sehr nett und sieht auch, dass die beiden sich sehr gut verstehen, doch Conny schätzte es so ein, dass es für ihn immer noch unvorstellbar war, dass sein Sohn jetzt, einen Mann heiraten würde. Auf dem Nachhauseweg sprachen Conny und Max ununterbrochen über dieses Thema. Zu Hause wurde es dann Conny zu bunt und fragte Max ganz offen, ob er wegen Peter und John diese Magenverstimmung habe! Max sah seine Frau verwundert an und wollte darauf nicht antworten, doch Conny ermahnte ihn daraufhin und bat ihn, ihr jetzt die Wahrheit zu sagen. Ganz leise sagte er: *„Ja mir liegt schon seit Wochen diese Sache sehr im Magen!"*

Conny wusste in diesem Moment keine Antwort, ihr war klar, wenn sie jetzt hier anfangen würde zu diskutieren, würde es keinem etwas bringen. Nur eines wollte sie ihren Mann noch dazu sagen: *„Es ist im Leben nicht wichtig, mit welchen Geschlecht ein Mensch glücklich ist, wichtig ist nur, dass er glücklich ist!"*

Max sah seine Frau kurz an und verließ das Wohnzimmer mit den Worten: *„Du entschuldigst mich, ich habe noch zu arbeiten!"*

Conny fühlte sich die nächsten Tage nicht gut, sie kann ihren Mann nicht verstehen, wieso er so denkt. Im Grunde hat er eine moderne Weltanschauung, doch bei seinem eigenen Sohn reagiert er so heftig.

Sie schrieb am Abend Jimmy eine SMS, ob er in den nächsten Tagen etwas Zeit hätte für sie. Sie wollte sich mit ihm einmal darüber unterhalten, was er zu dieser Situation für eine Meinung hat. Jimmy sah immer alles sehr neutral und nüchtern, er betrachtet Probleme immer von zwei Seiten.

Er antwortete auch sofort und freute sich auf ein Treffen mit Conny. Doch sie müsste sich bis nächste Woche bitte noch gedulden, da er diese Woche schon am Donnerstag nach Hause fährt, um Heimaufträge abzuarbeiten. Aber er bot ihr an, wenn es ganz dringend ist, am nächsten Tag mit ihr zu telefonieren. Conny schrieb zurück, dass sie das lieber in Ruhe mit ihm besprechen möchte und sich auf nächste Woche ganz sehr freue. Daraufhin machte Jimmy ihr den Vorschlag, dass er „offiziell" nächste Woche hier bis Freitag bleibe und dass sie dann mehr Zeit füreinander haben, eben auch für die schönen Dinge im Leben. Diese Nachricht zauberte Conny ein Lächeln in ihr hübsches Gesicht. Jetzt ging es ihr etwas besser, sie versuchte, sich mit Hausarbeit und Sport abzulenken. Ihr Mann Max veränderte sich von diesem Tag an immer mehr. Er sprach kaum noch mit Conny und war immer weniger zu Hause. Die Zeit schien still zu stehen, bis sie Jimmy treffen kann. Am Montag rief Jimmy sie an und erzählte ihr, dass er am Wochenende sich einmal die Zeit genommen hatte und für uns beide eine schicke, kleine Wohnung in ihrer Nähe gesucht und auch gefunden hatte. Diese kann man ganz unkompliziert auch für ein paar Stunden mieten. Conny machte einen Luftsprung, das ist ja wunderbar. Sie besprachen noch die Uhrzeit, wenn sie sich da treffen können, danach kümmerte sich Jimmy sofort um die Buchung am kommenden Freitag.

Einen Abend vor diesem Treffen meldete sich Jimmy über eine Mail. Er war schon ganz aufgeregt, immer wieder schrieb er Conny Dinge, die sie so vorher noch nie kannte. Er fragte sie, wie er sie diesmal nehmen sollte und ob sie sofort seinen Saft haben möchte. Was sie dieses Mal mit ihm vorhabe, um ihn in den Wahnsinn zu treiben. Conny wurde ganz heiß bei diesen Fragen, sie meinte nur, lassen wir uns doch beide einmal überraschen, ich würde sehr gern alles nur geschehen lassen, so wie die Leidenschaft uns trägt.

Das gefiel Jimmy, er fand genau das sehr prickelnd. Er wünschte sich, seine Leidenschaft in Connys Mund zu spritzen, wenn er dazu versucht sie so zärtlich wie möglich unter der Gürtellinie mit seinen Händen zu verwöhnen, bis er den Zeitpunkt erkennt, dass sie in der höchsten Erfüllung ihrer sexuellen Bedürfnisse angekommen ist. Dann erst würde er ihr sein „Bärchen" der dann knallhart sein wird, einführen und bis zum endgültigen Höhepunkt für beide bringen.

Natürlich konnte sich Conny dieses Angebot nicht entgehen lassen. Sie freute sich, wieder Jimmy zu spüren. Ganz pünktlich war

sie an der vereinbarten Wohnung und schrieb Jimmy: *„Ich bin da",*
er antwortete gut gelaunt: *„Ich auch!"*
In diesem Moment stand er mit seinem Auto schon hinter ihrem.
Schön sagte sie zu ihm, du hast es doch wirklich geschafft einmal
pünktlich zu sein. Zusammen gingen sie in diese Wohnung. Conny
war erstaunt, was sie da sah. Es war keine gewöhnliche Wohnung,
eher eine Stundenwohnung für bedürftige Menschen, die ab und
zu einmal etwas Anderes benötigen und etwas Außergewöhnliches
erleben möchten. Conny fragte, wie er diese gefunden habe,
Jimmy antwortete:
„Ich habe in deiner Nähe ein Stundenzimmer gesucht und dann
das hier gefunden, gefällt es dir?"
Ja, ihr gefiel es hier, es gab ein großes Bad mit Dusche und einer
übergroßen Badewanne, eine kleine Küche um Kaffee zu kochen o-
der eine Kleinigkeit zu Essen zuzubereiten, ein sehr schönes
Schlafzimmer mit einigen ihr jetzt schon bekannten Geräten. Nur
diese Liebesschaukel kannte Conny noch nicht, diese fand sie sehr
interessant und wollte sie auch unbedingt versuchen. Jimmy nahm
aus dem Kühlschrank eine Flasche Sekt und fragte Conny, ob sie
ein Glas möchte.
Ja sagte sie und sie möchte diese Flasche Sekt mit Jimmy zusammen bei einem schönen Bad genießen!

Bei diesem Angebot funkelten seine Augen. Er nahm die Flasche und zwei Gläser, ging ins Bad, lies das Badewasser ein, dazu ein paar Rosenblätter, die auf einer Ablage im Bad dafür bereitstanden, und rief Conny, die es sich auf dem großen Bett bequem gemacht hatte. Als sie zu ihm kam, glaubte sie, nicht richtig zu sehen. Jimmy hatte alle Kerzen angezündet und wartete sehnsüchtig in dieser Badewanne auf sie, er streckte seine Hand zu ihr aus und sagte:

„Komm zu mir!"

Genau so etwas vermisste sie in ihrer Ehe all die Jahre.

Conny war sehr gut gelaunt und machte noch etwas Musik dazu an und die beiden entspannten ganz in Ruhe bei einem ein Glas Sekt.

Nach ein paar Minuten fragte Jimmy sie:

„Nun verrate mir doch bitte, was dich so sehr bedrückt."

Conny wusste anfangs nicht, wie sie beginnen sollte. Doch dann erzählte sie Jimmy von ihrem Sohn Peter. Er wusste ja von ihr schon, dass er homosexuell ist und dass er mit einem Mann zusammenlebt. Jetzt erzählte Conny von ihrem Erlebnis, als sie nach ihrem letzten Treffen mit Jimmy nach Haus kam, in welchen Zustand sie ihren Mann gefunden hatte. Wie der Besuch bei ihrem Sohn verlaufen ist, wie sie sich für Peter freute, dass er seinen Mann in ein paar Tagen in Las Vegas heiraten würde. Jimmy fand das ganz großartig. Conny erzählte weiter, wie ihr Mann auf dem Nachhauseweg dazu reagierte und sich diesbezüglich völlig ihr gegenüber verschloss. Sie erzählte Jimmy, dass er schon seit Wochen Probleme mit seinem Magen habe und mit dieser Situation nicht zurechtkommt. Jimmy meinte:

„Sehe es doch einmal von einer ganz anderen Seite, du warst die ganzen Jahre für deinen Mann die Person, die ihm immer den Rücken freigehalten hat, dass er seinen Job und alles was dazu gehörte, ausführen konnte. Er meldete Kollegen, bei euch zu Hause zum Essen an, um vor ihnen gut dazustehen. DU hast immer funktioniert. Er ging auf Geschäftsreisen, DU hast immer funktioniert. Er wurde nur ein erfolgreicher Rechtsanwalt, weil DU immer funktioniert hast und die Familie zusammengehalten hast. DU warst für ihn seine Karriereleiter. Er gab dir dafür ein Sorgen und stressfreies Leben. Hat er dich einmal in den vielen Jahren gefragt, ob DU dabei glücklich warst?"

Conny antwortete ganz leise mit: *„NEIN!"*

Er: *„Genau das ist der Punkt, für deinen Mann, war das alles völlig normal, er ermöglichte dir und deinen Sohn dafür ein schönes Leben."*

Er fragte weiter: *„Was vermutest du, was der Grund bei deinem Mann dafür ist, dass er fast keinen Sex mit so einer attraktiven Frau möchte?"*

Conny nahm einen Schluck aus ihrem Glas und zuckte mit den Schultern. Jimmy bemerkte, dass es ihr gar nicht gut erging dabei. Er nahm ihre Hand und sagte: *„Conny, ich kenne deinen Mann nicht, ich kann es deshalb nicht einschätzen, aber besteht die Möglichkeit, dass dein Mann selbst auf Männer steht und sich nur, um immer die Fassade einer perfekten Familie und einer perfekten Karriere zu halten, nie dazu bekannt hat und deshalb das alles die ganzen Jahre nur unterdrückt hat? Bitte Maus sehe es einmal von dieser Seite. Nicht ohne Grund bist du aus diesem Leben ausge-brochen und hast dir sehnlichst einen Liebhaber gewünscht."*

Sie: *„Oh Jimmy, so habe ich das alles nie gesehen, aber wenn ich das von dir so höre und richtig darüber nachdenke, ja mein Mann ist ein Mensch, der sein Leben nach Vorschriften lebt, die ihm die Gesellschaft auferlegt hat, so war er schon immer. Auch seine Eltern waren schon so, sie lehrten ihn immer, dass ein Mann nur auf diese Art, erfolgreich werden kann im Leben?"*

Wieder nahm sie einen Schluck aus ihrem Glas, sie war schockiert, schockiert über ihren Mann, an dessen Seite sie so viele Jahre funktionierte, im gleichen Augenblick realisierte sie nun auch ihr Verhalten. Wieso sie sich nach Liebe und Zärtlichkeit so sehr sehnte und den Weg des Betrügens ging.

Sie konnte sich in diesem Moment die Tränen nicht zurückhalten und weinte. Sie lag mit ihrem heißgeliebten Jimmy in dieser

wunderbaren Badewanne bei sehr schöner Musik und Kerzen-
schein und weinte jämmerlich!

Jimmy gab ihr die Zeit, die sie jetzt brauchte, um wieder klar denken zu können. Er gab ihr genau in diesen Augenblick das, was sie
dringend brauchte, Ruhe und Verständnis. Nach etwa fünfzehn
Minuten des Schweigens sagte sie ganz entspannt zu ihm:

*„Dann ist seine Reaktion auf Peters öffentlichen Bekenntnisses zu
seinem Partner eine Art Eifersucht?"*

Jimmy sagte ganz ruhig nur: *„Ja."*

Damit wusste Conny ab sofort mit der Situation umzugehen. Sie
begriff, was in ihren Mann gerade vor sich ging und würde, wenn
sie wieder zu Haus ist, mit ihm das Gespräch diesbezüglich suchen.
Sie bat Jimmy, um ein weiteres Glas Sekt, doch er sagte, du musst
heute noch nach Haus fahren, das wird dir nicht bekommen. Doch
sagte sie, das bekommt mir sehr gut!

Sie war wie ausgewechselt und meinte zu ihm: *„Jetzt beginnt mein
Leben, ab sofort werde ich nicht mehr nur für andere funktionieren, lass uns die kommenden Stunden das Leben genießen."*

Er beugte sich zu ihr und gab ihr einen leidenschaftlichen Kuss. Er
berührte ihre Brustwarzen mit nur zwei Fingern. Conny genoss es,
begehrt zu werden. Sie wurde in diese Badewanne völlig leicht und
gefügig.

Nach ein paar Minuten hatte sie das dringende Verlangen Jimmys „Bärchen" zu verwöhnen. Sie wünschte sich, mit ihm zusammen in diese Liebesschaukel zu steigen. Jimmy gehorchte aufs Wort. Beide schwebten Hand in Hand erwartungsvoll in das benachbarte Zimmer. Jimmy half ihr in die Schaukel, auch für ihn war es das erste Mal, dass er eine Frau darin verwöhnen durfte. Er befestigte ihre Arme und Beine an den vorgesehenen Ketten und den Lederschnallen, legte sich Conny in die für ihn beste Position und begann genüsslich sie mit bereitstehendem Erotik-Öl zu verwöhnen. Conny realisierte dieses Gefühl in dieser Liebesschaukel als das Schärfste, was sie je erleben durfte, sie befand sich in einer Welt, die sie vorher nie kannte. Jimmy schlenderte um sie herum und gab ihr nach Aufforderung, was sie in diesem Zustand verlangte. Sie wollte mehr, sie wollte diesen schwarzen, übergroßen Kunststoff Penis, der an ihrer rechten Seite stand, Jimmy gab ihn ihr, in diesem Moment spritzte sie unglaublich ab. Er genoss es und leckte sie trocken. Jetzt kam er so richtig in Fahrt, er konnte sich nicht mehr zurückhalten, steckte sein „Bärchen" in Conny, die immer noch gefesselt in dieser Schaukel lag, nahm die über ihn hängenden Lederschlaufen fest in seine Hände und gab seiner Liebsten allen Saft, den er zu bieten hatte, bis zum allerletzten Tropfen. Bei diesem Geschlechtsakt waren Jimmy und Conny ein paar wunderbare Minuten nicht anwesend auf unserer Welt! Als beide wieder landeten, hatte sie zur gleichen Zeit Gänsehaut pur!

Als die beiden sich an diesen Tag verabschiedeten, nahm Jimmy Conny ganz fest in seine Arme und sagte: *„Conny, ich habe in den nächsten Wochen sehr viele Aufträge, somit ganz wenig Zeit das wir uns treffen können. Aber ich bin für dich jederzeit, egal wann für dich zu erreichen. Wenn du jemanden zum Reden brauchst, rufe mich einfach an, ja?"*

Sie weinte und sagte leise: *„Okay Jimmy!"*

Kapitel 2

Das Bekenntnis

Es ist Samstag, einen Tag nach dem letzten Treffen mit Jimmy.
Conny saß mit ihrem Mann am Frühstückstisch und beide
schwiegen sich so, wie in den letzten Wochen an. Conny ging
hinaus, um die Zeitung zu holen. Freudig kam sie zurück ins Haus
und sagte zu Max, schau mal wir haben Post von Peter und John.
Er riskierte nicht einmal einen Blick zu seiner Frau. Conny öffnete
den großen Briefumschlag, der den Poststempel von Las Vegas
trug. Sie freute sich so sehr, die beiden frisch Vermählten hatten
ihnen Bilder von der Trauung gesendet. Conny weinte vor Glück,
ihren Sohn so wundervoll vor diesen Traualtar in einem weißen
Anzug zu sehen, als er seinen geliebten John das Jawort gab. Die
beiden Männer sahen so glücklich aus. Sie konnte ihre Tränen
nicht mehr zurückhalten und brach auf ihren Stuhl völlig
zusammen. Max nahm seine Frau wortlos und half ihr sich auf die
Couch zu legen, deckte sie mit einer warmen Decke zu und sprach
zu ihr: *„Ruhe dich aus, wir werden über alles reden, wenn es dir
wieder besser geht!"*
Nach etwa einer Stunde stand Conny leise auf und suchte ihren
Mann, er saß in seinem Büro und weinte selbst jämmerlich. Sie

setzte sich zu ihm und sagte: *„Max so geht es nicht weiter mit uns, wir sollten uns ganz dringend aussprechen."*

Er nickte und schlug vor heute Abend mit Conny ein ausgiebiges Gespräch zu führen, doch jetzt möchte er bitte ganz allein sein!

Sie respektierte seine Bitte und kümmerte sich an diesen Tag um ihre Haus- und Gartenarbeit, um ebenfalls abschalten zu können. Ihr Mann verließ das Haus gegen Mittag, ohne zu sagen, wo er hingehen würde.

Erst spät am Abend kam er zurück. Er setzte sich zu Conny und fragte, ob es ihr wieder besser gehen würde. Sie antwortete mit ja und bemerkte, dass ihr Mann etwas getrunken hatte. Die Stimmung war sehr angespannt. Doch Max fing an ihr zu erklären, wieso er so ein großes Problem damit habe, dass ihr gemeinsamer Sohn homosexuell ist. Er nahm sich einen Whisky und begann damit, wie streng er in seinem Elternhaus erzogen wurde.

Schon als Kind musste er ein Leben nur nach Vorschriften und Regeln leben. Disziplin und Anstand waren oberstes Gebot. Er selbst bekam nie eine Chance sich so zu entwickeln, wie er es gern mochte. Er hätte, wenn es nach ihm gegangen wäre, lieber Medizin studiert, doch seine Eltern gaben ihm vor den Weg zu gehen ein Rechtsanwalt zu werden, **er gehorchte.**

Seine Eltern gaben ihm vor, mit welchen Freunden er sich wann treffen konnte, **er gehorchte.**

Sie gaben ihm vor, wann er welche Freundin haben durfte, **er gehorchte.**

Als er etwa zwanzig Jahre alt war, hatte er ein Auge für ein Mädchen, seine Eltern hatten ihm das, mit der Begründung sofort untersagt, eine Frau stände seinen Bildungsweg und seiner Karriere nur im Wege, **er gehorchte.**

Von da an sah er nie wieder ein Mädchen an, ganz im Gegenteil! Er hörte auf zu erzählen, nahm sich erneut einen Whisky und atmete tief durch. Conny schwieg und wartete, bis er weitererzählte. Max sagte ganz leise: *„Zu dieser Zeit musste ich mir immer mehr zugestehen, dass mir junge Männer viel mehr gefielen als junge Frauen. Doch es wäre mit meiner Erziehung und mit meinem Elternhaus niemals möglich gewesen, ein homosexuelles Leben zu führen. Gleich recht nicht zu unserer Zeit, als wir jung waren. All die Jahre unterdrückte ich meine Leidenschaft Männern gegenüber. Ich hätte eine zu große Schande meiner Familie gegenüber gebracht.* **Ich gehorchte!**

Nachdem ich mein Studium beendet hatte, lernten wir beide uns kennen."

Conny schmunzelte kurz und sagte: *„Das war für uns eine schöne Zeit",* und hörte ihrem Mann weiter zu. Er war sich damals ganz sicher, dass seine Leidenschaft zu Männern nur eine vorübergehende Phase war. Er redete sich ein, dass ein Leben mit einer Frau an seiner Seite, das wieder in die richtige Richtung lenken würde. Auch liebte er Conny vom ersten Tag an, doch er hatte es nie geschafft ....

Plötzlich konnte Max nicht mehr weitererzählen. Conny kam ihm zur Hilfe und beendete diesen einen Satz: *„... doch du hast es nie geschafft mir hemmungslose Leidenschaft zu geben, mit mir zusammen als deine Ehefrau alle deine sexuellen Wünsche und Träume wahrwerden zu lassen."*

Max nickte und rieb sich die Augen, er legte sein Gesicht in seine Hände und weinte.

Conny gab ihm etwas Ruhe. Dann sagte er unter Tränen: *„Ich freue mich für unseren Sohn, dass er die Chance bekommen hat, sein Leben zu leben, dass er nicht seinen Eltern gegenüber gehorchen muss."*

Jetzt brauchte Conny ebenfalls ein Glas Whisky, das war alles etwas zu viel für sie. Nach etwa einer halben Stunde des

Schweigens, sagte Max: *„Ja Conny, mein Leben war die ganzen Jahre nur eine verdammte Lüge!"*

Über das alles dachte sie etwas anders und versuchte ihren Mann zu beruhigen. Connys Ansicht zu diesen Dingen war sehr nüchtern. Jimmy hatte es ihr so gesagt und sie hatte schon darüber nachgedacht, was wäre, wenn es so wäre. Sie machte Max den Vorschlag, dieses Gespräch an diesem Tag zu beenden und an einem anderen Tag weiter zusammen zu überlegen, wie es jetzt weitergehen sollte. Doch Max meinte: *„Nein, wir bringen das heute hier zu Ende, ich muss dir noch etwas sagen."*
Er begann stockend zu sprechen, holte ganz tief Luft und beichtete seiner Frau nach dreißig Jahren Ehe, dass er seit etwa zehn Jahren einen festen Partner für sexuelle Erlebnisse hat.
Conny wurde kreideweiß, sagte zu Max: *„Verschone mich bitte mit Einzelheiten."*
Ihr ganzes Leben zerschmetterte in ein paar Sekunden, wie ein Flugzeug an einem Felsen. Sie lief in ihr Gästezimmer und bat Max um Verständnis, dass sie von nun an da schlafen würde. Er nickte, hielt Conny am Arm fest und bat um Verzeihung. Sie riss sich los und ging, ohne ein Wort sagen zu können.

Der Tag danach

Als Conny am nächsten Morgen im Gästezimmer erwachte, wusste sie nicht, ob es nur ein ganz böser Traum war, was ihr gerade jetzt wieder in den Kopf kam. Sie kann es nicht glauben, dass ihr Mann Max ihr gestern Abend gestanden hat, seit zehn Jahren einen homosexuellen Partner zu lieben und mit ihm eben solange schon, ein sexuelles Verhältnis hat. In diesem Moment dachte sie an Jimmy, sie selbst führt eine heftige Affäre mit ihm.

Gedanken machten sich in ihr breit, wie es jetzt weitergehen sollte, mit ihrer Ehe, mit ihrer Affäre und wie sie diese Sache ihren Sohn beibringen sollte. Er wird in ein paar Tagen von seiner Hochzeitsreise aus Las Vegas mit seinem Mann John zurückkehren. Danach sollte es eine große Feier geben mit Familie und Freunden.

Sie hatte keinen Plan, was sie jetzt machen sollte. Sie wollte gern aufstehen, doch sie hatte keine Kraft dazu. Conny lag wie versteinert in ihrem Bett.

Erst am späten Vormittag raffte sie sich zusammen und ging hinunter in die Küche, sie sah ihren Mann Max schweigend am Tisch sitzen.

Conny nahm sich eine Tasse Kaffee, setzte sich aber nicht zu ihm, sondern ging wieder in ihr Zimmer. Mit zitternden Händen hielt sie diese Tasse ganz fest, öffnete das Fenster weit.

Sie stand da so ganz allein, verlassen von ihrem Mann, der sich zur Homosexualität nach fast dreißig Jahren Ehe offen bekennt. Ihr Sohn ist ebenfalls mit einem Mann verheiratet. Conny selbst führte seit Monaten eine heftige Affäre mit Jimmy.

Sie weinte wieder, konnte das alles nicht mehr begreifen.

In diesem Moment klopfte ihr Mann an ihre Tür. Sie erschrak und zögerte eine Weile, um Max hereinzubitten. Nach einem leisen „Ja", betrat ihr Mann ganz langsam ihr Zimmer. Er fragte, ob sie okay ist und ob er etwas für sie tun kann, Conny konnte nicht antworten.

Sie stand am Fenster und starrte ins Leere. Nach ein paar unendlichen Minuten des Schweigens bat sie ihren Mann unten auf sie zu warten, sie möchte nachher mit ihm alles Weitere besprechen. Er nickte kurz und verließ das Zimmer. Nach etwa dreißig Minuten war Conny so weit, um sich mit Max an einen Tisch zu setzen. Ihr ging es sehr schlecht, doch sie versuchte, stark zu sein. So richtig traute sich, keiner der beiden einen Anfang zu machen. Dann fragte Conny als Erste, wie er sich die weitere Zukunft mit ihr zusammen vorstelle. Max schlug vor, sofort in ein Hotel zu ziehen. Er würde sich wünschen, wenn Conny in ihrem gemeinsamen Haus wohnen bleibe. Max gab sich sehr kooperativ. Ihm wäre es sehr wichtig, dass Conny alles behalten kann. Er würde von ganz vorn noch einmal neu anfangen. Auch ist es für ihn eine Sache des

Anstandes, dass er immer für Conny finanziell sorgen wird und sie wie gewohnt auf nichts verzichten muss. Sie antwortete darauf nur mit einem „schön", jetzt wollte sie von Max wissen, wie er seinen Sohn Peter die Trennung seiner Eltern und den Grund dafür beibringen möchte. Max hatte darauf keine Antwort und zuckte nur mit den Schultern. Conny schlug vor, dass ihr Mann vorläufig erst einmal hier im Haus weiter wohnen könnte. Sie würde noch heute für ein/zwei Wochen irgendwohin verreisen, um den nötigen Abstand zu bekommen und um mit sich selbst klarzukommen. Ihr Mann war damit einverstanden. Conny ging in ihr Büro und suchte sich im Internet ein Reiseziel aus. Es sollte etwas Ruhiges sein, wo sie viel Zeit zum Nachdenken hat. Sie fand im Schwarzwald eine kleine Pension, die ihr gut gefiel. Conny buchte für sich sofort ein Zimmer und packte ihre Koffer.

Am nächsten Tag reiste sie für unbestimmte Zeit in den Schwarzwald. Weit weg von ihrem Mann und von Jimmy. Sie schrieb ihm nur eine kurze SMS: *„Bin in den nächsten zwei Wochen nicht zu erreichen!"*

Blitzartig kam die Frage von Jimmy zurück, was passiert sei. Sie antwortete ihm in diesem Moment nicht.

Doch Jimmy gab keine Ruhe, er spürte, dass mit Conny etwas nicht stimmte. Immer wieder fragte er nach, als er keine Rückmeldungen bekam, rief er an.

In diesem Moment schaltete Conny ihr Handy ab. Sie merkte in seinen Nachrichten, dass er sich große Sorgen um sie machte, doch sie konnte jetzt nicht mit
Jimmy reden.

Conny fühlte sich in dieser Pension sehr wohl.

Sie hatte Ruhe und dachte an diesen Tagen nur an sich, sie ging viel spazieren, schlief viel und beschäftigte sich mit lesen von Büchern und Zeitschriften. Nach ein paar Tagen merkte sie, wie sie immer mehr zu klaren Verstand kam.

Conny war bewusst, dass ihr Leben ab sofort einen anderen Weg nehmen würde.

Jetzt war sie so weit, dass sie ihr Handy wieder anschaltete. Sie sah unzählige Nachrichten ihres Mannes, diese löschte sie ungelesen, eine von ihrem Sohn Peter, dass die beiden wieder glücklich in Deutschland gelandet sind und sich auf das Wiedersehen und auf ihre Hochzeitsfeier sehr freuen. Conny schmunzelte, sie freute sich für Peter, doch im selben Augenblick überkam sie der Gedanke, wie sie es ihm beibringen sollte, dass seine Eltern sich trennen werden.

Dann sah sie unzählige Nachrichten von Jimmy, die wollte sie jetzt nicht alle lesen, nur die Letzte öffnete sie.

Er schrieb: *„Conny, bitte melde dich!"*

Gut dachte sie, er gibt sonst keine Ruhe. Sie rief ihn an, er war sofort in der Leitung, Conny sagte nur:

„Bitte Jimmy mache dir keine Sorgen, es ist sehr viel passiert, ich bin hier allein im Schwarzwald, um ein paar Tage Urlaub zu machen und um mit dem Geschehenen klarzukommen. Sobald ich wieder zu Hause bin Jimmy, melde ich mich wieder. Ich kann dir nur sagen, dass du mit deiner Vermutung was meinen Mann betrifft, doch Recht hattest!"

Jimmy war geschockt, er fragte:

„Soll ich zu dir kommen, geht es dir wirklich gut?"

Sie: „Ja Jimmy mir geht es jetzt, nachdem ich ein paar Tage allein hier bin und den nötigen Abstand habe etwas besser und nein Jimmy du musst nicht hierherkommen. Du brauchst deine Zeit für dich zu Hause, du arbeitest so viel und so hart!"

Er: „Ich habe immer gesagt, ich bin für dich da, wenn du mich brauchst, auch wenn es nur zum Reden ist und dazu stehe ich, also wo finde ich dich?"

Conny nannte ihm mit zitternder Stimme und mit ein paar Tränen in den Augen, den Ort und die Pension wo er sie finden konnte.

Er: „Okay ich fahre am Freitag ein paar Kilometer Umweg und nicht gleich nach Hause, ich komme zu dir!"

Sie: „Danke Jimmy!"

Conny freute sich, ihren Jimmy in zwei Tagen sehen zu können.

Es war bereits Freitag Abend gegen achtzehn Uhr, als Conny eine SMS von Jimmy erhielt, er schrieb: „Bin gleich da!"

Jetzt klopfte ihr Herz ganz großartig, sie lief zum Parkplatz und im gleichen Augenblick sah sie Jimmys' weißen Transporter schon von weiten auf sie zu fahren. Conny hatte schon den ganzen Tag gute Laune, wenn sie daran dachte, dass ihr Jimmy, nur für sie diese Strapazen auf sich nahm, um einfach für sie da zu sein.

Als er Conny sah, wusste er sofort, dass sie in den letzten Tagen sehr viel gelitten haben muss. Sie sah sehr mitgenommen aus, er vermisste ihr strahlen, in ihren Augen. Er stieg aus und nahm sie ganz fest in seine Arme und sagte:

„Jetzt bin ich ja da und wenn du möchtest, bleibe ich bis Sonntag bei dir!"

Diese Geste von Jimmy gefiel ihr, er war in diesem Moment so herzlich zu ihr. Conny spürte, wenn sie in seinen Armen lag, wie sie zur Ruhe kam und sich sehr geborgen fühlte. Gemeinsam gingen sie in ihr Zimmer. Jimmy wollte unbedingt erst einmal duschen, da er direkt von einer Baustelle zu Conny gefahren war.

Sie machte in dieser Zeit schöne Musik an und öffnete für Jimmy ein Bier. Er zog sich ein schickes Shirt und ein kurzes Bermuda an, rasierte sich kurz noch und sagte:

„So und jetzt gehen wir beide erst einmal etwas essen!"

Es war sehr heiß an diesem Tag, da bot es sich an, einen Tisch im Biergarten zu wählen. Diese Pension war sehr klein, sie vermieten nur drei Doppelzimmer. Somit war es auch im Biergarten sehr ruhig und die beiden konnten sich ungestört unterhalten.

Anfangs verlief der Abend ohne ein Wort über Connys Problem. Jimmy erzählte einiges über sich und über seine neuen Aufträge. Nun stelle Conny ihm die Frage, wie er es so kurzfristig geschafft hat, seiner Partnerin begreiflich zu machen, dass er an diesem Wochenende nicht nach Hause kommt. Er sagte ganz locker:

„Ich habe ihr nur gesagt, dass ich die jetzige Baustelle über das Wochenende fertig, bringen muss."

Conny schmunzelte, Jimmy nahm Sie an die Hand und sagte:

„Komm Maus, ich habe hinter dem Haus einen kleinen See gesehen, lass uns dahingehen und den Abend ganz entspannt ausklingen lassen."

Dies gefiel Conny, sie bat die Kellnerin, für die beiden ein paar Getränke in einem Korb zu packen und etwas zu knappern. Eine Decke hatte Conny noch vom letzten Picknick mit Jimmy in ihrem Auto.

Es war so still an diesen kleinen See, beide genossen den Abendhimmel über sich. Jimmy meinte: *„Das ist wie Urlaub."*

Dann öffnete er für Conny die Sektflasche und für sich ein schönes kaltes Bier. Sie prosteten sich zu, Jimmy gab ihr einen leidenschaftlichen Kuss und meinte:

„Möchtest du mir erzählen, was passiert ist?"

Conny atmete einmal tief durch, setzte sich, nahm noch einen Schluck Sekt und begann zu erzählen. Jimmy lag neben ihr und hörte einfach nur zu.

»Wie du weißt, habe ich mir damals, als wir uns fanden, einen Mann erträumt, der mir sehr viel Zärtlichkeit schenkt und meine sexuellen Wünsche und Träume erfüllt. Ich habe das nicht ohne Grund getan. In meiner Ehe war, wie du ebenfalls schon weißt, Sex ein nicht wichtiges Thema. Für mich war es ganz normal, dass ich so viele Jahre mit einem Mann verheiratet bin, dem Sex nicht wichtig ist. Nach unserem letzten Treffen habe ich mir sehr viele Gedanken darübergemacht, wieso mein Sohn homosexuell ist. Auch deine Meinung, die du damals hattest, als du sagtest, dass eventuell mein Mann ebenfalls diese Veranlagung hätte. Ich habe meinen Mann sofort um ein Gespräch gebeten. Ich wollte wissen, was dahintersteckt, dass er seit Bekanntgabe von Peters Homosexualität sich immer mehr verschloss und auch häufiger mit Magenproblemen zu kämpfen hatte und immer weniger zu Hause war.

An dem Abend, als wir uns aussprechen wollten, kam mein Mann angetrunken nach Hause, was ich so nur sehr selten die ganzen Jahre erlebte. «

Sie machte eine Pause, trank noch ein Glas Sekt und sprach:

„Lange Rede kurzer Sinn. Mein Mann gestand mir, dass er seit zehn Jahren einen Mann habe, mit dem er sich sexuell auslebt."

Jetzt wurde es an diesem See noch ruhiger, keiner sagte mehr ein Wort. Jimmy setzte sich hinter Conny mit gespreizten Beinen und nahm sie ganz fest zu sich in seine Arme.

In diesem Moment fing sie jämmerlich an, zu weinen. Jimmy hielt sie ganz fest und versuchte sie mit den Worten: *„Alles wird gut, der Weg ist das Ziel",* zu beruhigen.

Nach ein paar Minuten spürte Jimmy, wie sich Conny wieder gefangen hatte und ganz ruhig in seinen Armen die Zweisamkeit genoss. Der Abend neigte sich schon dem Ende, die Dunkelheit brach an, jetzt fragte Jimmy, ob sie nicht auch Lust hätte, schwimmen zu gehen. Conny war von der Idee völlig begeistert. Genau das gefiel ihr, einfach spontan etwas Verrücktes zu tun. Nicht immer nur anständig zu sein. Beide rissen ihre Kleider vom Leib und rannten Hand in Hand in diesen kleinen See. Sie planschten darin wie zwei kleine Kinder. Jimmy gefiel es, Conny so ausgelassen zu sehen. Sie schwammen mitten in der Nacht eine Zeitlang um die Wette. Nachdem beide völlig geschafft, wieder am Ufer ankamen, ließen sie sich auf ihre Decke fallen. Conny sagte: *„Das war so schön Jimmy, danke, dass du gekommen bist!"*

Er küsste sie ganz sanft und streichelte ihren noch nassen Körper, ihre Brustwarzen standen in diesem Moment völlig hart in die Höhe.

Conny genoss Jimmys Hände, mit denen er ihre Oberschenkel ganz sanft spreizte und ohne langes Vorspiel in sie eindrang. Sein Penis vibriert in Conny, sie legte ihre Beine auf Jimmys Schultern und hob ihren Hintern ganz hoch, so dass sie jeden Millimeter von Jimmy in sich spüren konnte. Er konnte nicht aufhören, bis sein „Bärchen", wie Conny des Öfteren Jimmys bestes Stück nannte, in ihrer Höhle der Sehnsucht explodierte.

Den nächsten Tag verbrachten die beiden mit ausgiebigen Spaziergängen. Es tat, beiden sehr gut die gesunde Luft im Schwarzwald zu genießen. Sie sprachen sehr viel über Connys Zukunftspläne, wie sie sich alles vorstellte, wenn sie sich jetzt von ihrem Mann trennen würde. Conny hatte genaue Vorstellungen und war fest entschlossen, sobald sie wieder zu Hause ist alles mit ihrem Mann zu regeln. Jimmy hielt sein Versprechen und blieb bis Sonntag bei ihr. Durch Jimmys Anwesenheit war Conny sehr stabil und entschlossen geworden.

Conny traf am späten Sonntagnachmittag wieder zu Hause ein. Ihr Mann war nicht zu Hause. Sie richtete sich als Erstes ihr

Gästezimmer für längere Zeit ein. Gegen zwanzig Uhr kam Max nach Hause, als Conny ihm im Hauseingang hörte, fing sie wieder mächtig an zu zittern. Er begrüßte seine Frau mit einem kurzen Hallo und fragte: „*Wie geht es dir, wie war deine Auszeit?*"
Conny erzählte, dass sie sehr viel spazieren gegangen sei und über ihre jetzige Situation sehr viel nachgedacht hat. Max hörte ihr aufmerksam zu.

Er fragte nebenbei, ob sie auch einen Kaffee möchte. Sie fing an, Max ihre Zukunftspläne zu offenbaren. Als Erstes machte sie ihm den Vorschlag, dass bis zur offiziellen Hochzeitsfeier ihres Sohnes, alles so bleiben sollte, wie es war.

Peter und sein Partner John sollten bis dahin nichts von der Trennung und deren Grund erfahren. Max fand auch, dass genau das im jetzigen Moment für alle, das Beste sei. Danach schlug sie vor, dass beide bis alles geregelt ist, im Haus wohnen bleiben und sie sich auf einer vernünftigen Basis trennen, damit jeder die Chance erhält noch einmal neu anzufangen, um auf seine Art glücklich zu werden. Sie wird versuchen, sich einen Job zu suchen, da sie nicht möchte, komplett von ihrem Mann finanziert zu werden. Sie weiß, dass es für sie sehr schwierig werden wird, da sie nie in ihrem Leben eine Ausbildung gemacht hatte. Zwar hat sie ein perfektes Abitur in der Tasche, doch das ist fast dreißig Jahre her. Max bedauerte alles, was passiert ist, doch er kann leider das Geschehene nicht mehr rückgängig machen. Conny unterbrach Max in seinem Gespräch, sie sagte zu ihm: *„Max wir beide sind schuld, wir beide haben diese Vernunftsehe gewollt und waren viel zulange unglücklich dabei. Max ich werde dir jetzt etwas erzählen, was dir nicht so sehr gefallen wird"*

Sie atmete tief durch und sagte zu ihrem Mann:

„Ich war sehr jung, als wir beide uns kennengelernt hatten. Du warst damals sofort der Mann, mit dem ich mir vorstellen konnte, alt zu werden. Dann wurde unser Sohn geboren und wir zogen in dieses Haus hier ein. Meine Aufgaben war es von da an mich um alles zu kümmern. Ich tat es auch sehr gern, doch auch ich hätte schon damals zu gern mein Studium gemacht und auch einen Beruf ergriffen. Aber du warst immer dagegen und wolltest nicht, dass deine Ehefrau arbeiten geht."

Max nickte, er glaubte immer, seine Frau war mit dieser Situation, so wie sie war, sehr zufrieden. Conny sprach weiter und sagte:

„Max ich war nicht nur sehr unglücklich darüber, dass ich Hausfrau war und mich selbst nie in einem Job beweisen konnte, nein ich war die ganzen Jahre auch mit unserem Sexualleben sehr unglücklich, all die ganzen Jahre habe ich meine Träume und Wünsche diesbezüglich unterdrückt. Doch ich habe das alles nicht mehr ausgehalten, ich bin auch nur eine Frau mit Gefühlen. Nach sehr langem Zögern habe ich mir aus lauter Verzweiflung, vor etwa einem

halben Jahr einen Mann gesucht, mit dem ich mich ausleben kann.
Ja Max ich bin dir seit ein paar Monaten untreu. Es war für mich
einfach nicht mehr auszuhalten, so gut wie nie Sex mit dir zu ha-
ben!"

Jetzt stockte Max der Atem. Er wandte sich von Conny ab und
schlug sich beide Hände vor sein Gesicht. Er schüttelte nur noch
seinen Kopf und sagte:

„Was habe ich dir all die Jahre nur angetan?"

Conny hatte keine Antwort darauf. Beide einigten sich darauf, sich
so gut wie es ihnen möglich ist zusammen Wege zu finden, dass
die Trennung ohne Streit und Ärger vollzogen wird. Im Grunde
verstehen sich Max und Conny schon immer sehr gut, doch eben
reicht das nicht, um eine glückliche und erfüllte Ehe zu führen.

Zwei Wochen später war die geplante Hochzeitsfeier ihres Sohnes.
Beide freuten sich darauf sehr. Conny und Max
waren sich einig, dass kein Gast oder Familienmitglied bis dahin
etwas von ihrer Trennung erfahren sollte.
Die Feier fand in einem Biergarten, der eigens für diesen Anlass
wunderschön dekoriert wurde, statt. Die gesamte Bestuhlung mit
einer sehr langen Tafel für über sechzig Plätzen, stand unter einem sehr großen Pavillon. Alles war mit weißen Überzügen und
großen Schleifen versehen, dazu gab es eine traumhafte

Dekoration aus roten Rosen. Gleich am Eingang stand eine übergroße Pyramide mit gefüllten Champagne Gläsern und eine kleine mit Orangensaft.

Als Conny mit ihrem Mann ankam und dies sah, konnte sie ihre Tränen nicht mehr verbergen. Es war ein wundervoller Anblick. Wohin das Auge sah, Rosen, Rosen, Rosen.

Peter und John begrüßten ihre Eltern sehr herzlich und liebevoll.

Als alle Gäste an ihren vorgegebenen Plätzen saßen, standen Peter und John auf und begrüßten gemeinsam alle noch einmal ganz herzlich und bedankten sich für alle Glückwünsche und Geschenke zu ihrer Eheschließung.

Doch ihren ganz besonderen Dank ging an Vicky und Mandy, keiner der Anwesenden kannte bisher diese beiden Damen. Peter und John verrieten nur so viel, dass es im Laufe des Abends noch eine Neuigkeit im Zusammenhang ihre Eheschließung und ihrer Zukunftsplanung geben wird.

Alle waren sehr gespannt, jeder der Anwesenden machte sich so seine eigenen Gedanken, was das frisch vermählte homosexuelle Paar zu berichten hatte.

Gegen achtzehn Uhr wurde das Büfett offiziell eröffnet. Es war wunderschön, fast keiner traute sich, den Anfang zu machen.

Gegen einundzwanzig Uhr bat John die Hochzeitsgäste um einige Minuten der Ruhe. Er nahm Peter an seine Hand, trat nach vorn mit ihm und sagte:

„Wir bitten um eure kurze Aufmerksamkeit. Wir möchten euch jetzt sehr gern Vicky und Mandy näher vorstellen!"

In diesem Moment kamen auch diese beiden Damen mit nach vorn. John nahm sich Vicky an seine Seite und Peter nahm sich Mandy. Nun sprach Peter zur Hochzeitsgesellschaft:

„Das ist Vicky, sie ist achtundzwanzig Jahre alt und ist Zahnärztin."

John stellte Mandy vor:

„Mandy ist siebenundzwanzig Jahre alt und von Beruf Unterstufenlehrerin, die beiden sind ebenfalls gleichgeschlechtlich und haben in der gleichen Zeit in Las Vegas geheiratet wie wir beide. Wir alle zusammen haben uns von der ersten Minute an super verstanden und sehr viel Zeit in diesem Urlaub miteinander verbracht. Nach endlosen Gesprächen in denen wir sehr viele Gemeinsamkeiten, wie zum Beispiel der große Wunsch nach eigenen Kindern, haben wir alle uns entschieden über ein Kinderwunschzentrum eine künstliche Befruchtung durchführen zu lassen, um uns allen den Wunsch trotz Homosexualität zu erfüllen."

Alle Gäste waren für den Moment etwas durcheinander, doch nach ein paar Minuten freuten und begriffen alle, was das zu bedeuten hatte.

Jetzt kamen alle zum Gratulieren und jeder Einzelne wünschte sich für die Vier, ein gesundes Kind.

Doch in diesem Zusammenhang kamen auch sofort viele Fragen auf, wie soll das funktionieren?

Wo sollen die Kinder leben und welchen Namen werden die Kinder haben? An diesem Abend gab es kein anderes Thema mehr.

Conny freute sich mit Max ebenso wie alle anderen, doch Peter ihr Sohn bemerkte eine Veränderung seiner Mutter. Sie war nicht so lustig wie sonst an Familienfeiern. Auch sein Vater verhielt sich völlig verändert. Peter deutete es so, dass es die Umstände seiner Eheschließung und seines Kinderwunsches ist.

In einer ruhigen Minute sprach er seine Mutter darauf an, doch Conny sagte nur: *„Junge es ist nichts Außergewöhnliches, es war nur eine sehr große Überraschung für mich und Papa, dass wir nun doch noch Großeltern werden können. Wenn einmal etwas Ruhe eingekehrt ist bei euch, dann werden wir uns einmal viel Zeit nehmen zum Reden."*

Irgendwie machten Peter diese Worte seiner Mutter sehr nachdenklich, er wollte gleich wissen, um was da geht, doch Conny sagte nur: *„Jetzt nicht Junge, genieße deinen Tag."*

Seit der Hochzeitsfeier ihres Sohnes sind gerade einmal zwei Wochen vergangen, in dieser Zeit hat sich bei Conny und Max sehr viel getan. Die beiden verbrachten fast jeden Abend mit langen und aufklärenden Gesprächen. Dabei ging es weniger um warum und wieso alles nach so vielen Jahren so gekommen war, diese Art von Diskussion hätte jetzt keinem mehr etwas gebracht. Vielmehr ging es um rechtliche Angelegenheiten, um die Wohnverhältnisse und das gemeinsame Vermögen.

Max fing auf Connys Bitte an, von seinem Partner zu erzählen, erst sehr zögernd, doch als er bemerkte, dass seine Frau für seine Homosexualität Verständnis zeigte, fiel es ihm merklich leichter, über Nick seinen jahrelangen Partner zu erzählen. Er ist fünfzig Jahre alt und von Beruf Bauingenieur. Sie lernten sich zu einer Firmeneinweihung eines Mandanten von Max kennen. An diesem Abend führten beide sehr lange Gespräche über geschäftliche Angelegenheiten. Dabei bemerkten sie, dass sie eine große Sympathie füreinander entwickelten. Max wehrte sich sehr lange gegen seine Gefühle, er wollte sich nicht mit einem Mann einlassen. Redete sich immer wieder ein, dass es nicht normal ist, als verheirateter Mann sich einen Mann hinzugeben. Doch dann kam dieser gewisse Tag, als Nick Max zu sich nach Hause einmal eingeladen hatte. Er hatte ein leckeres Essen vorbereitet und den Tisch romantisch geschmückt. Beide Männer hatten einen sehr schönen Abend zusammen. Jetzt stockte Max, doch Conny sprach:

„Erzähle ruhig weiter, ich hatte damals nicht ohne Grund den gro-ßen Wunsch Psychologie zu studieren!"

Max erzählte, wie Nick ihm näherkam und ihn küsste, damit konnte er seinen Gefühlen nicht mehr widerstehen. Von dem Tag an hatte sich Max in Nick Hals über Kopf verliebt. Conny meinte:

„Und von dem Tag an wurde unser seltener Sex noch seltener und du warst noch seltener zu Haus bei mir!"

Max stützte seinen Kopf in seine Hand und sagte:

„Ja Conny, ich wusste nicht mehr, wo ich hingehörte! Anfangs war es für mich wie ein Abenteuer, doch dann konnte ich mich nicht mehr gegen Nick entscheiden, wir trafen uns immer öfters. Wir hatten immer mehr gemeinsame Auftraggeber und somit genug gemeinsame Anlässe, um viele Abende und Nächte zusammen zu verbringen. Nick hatte damals gerade eine lange Partnerschaft mit einem Mann beendet. Sein damaliger Partner zog aus Nicks Haus aus. Er wollte zu dieser Zeit keine feste Bindung wieder eingehen. Später wurde es zur Normalität, dass wir beide uns für eine rein sexuelle Partnerschaft entschieden haben. Nick wusste von Anfang an, dass ich verheiratet bin und mich aus Verantwortung dir gegenüber niemals trennen würde. Wir trafen uns nicht nur in

seinem Haus, es ist in den vielen Jahren auch sehr oft vorgekom-
men, dass Nick mit mir zusammen auf Geschäftsreise war."

Jetzt stoppte Conny Max in seinem Geständnis. Sie hatte fürs
Erste genug erfahren.

Sie bedankte sich bei ihrem Mann, für seine offenen und ehrlichen
Antworten und ging in ihr Zimmer, sie wollte jetzt ganz allein sein.

Sie legte sich auf ihr Bett und musste an Jimmy denken, ihre Affäre verlief fast ähnlich. Er fehlte ihr so sehr. Im Moment hat sie
sehr wenig Kontakt zu Jimmy, er ist seit der Bekanntgabe von
Connys Trennung irgendwie völlig anders geworden. Einmal
schickt er ihr ein paar SMS, dass er sehr großes Verlangen nach
ihr hat, dann wieder sagt er ganz kurz vorher ein geplantes Treffen
mit irgendeinem Argument, wie zum Beispiel, mein Auto ist plötzlich kaputtgegangen oder ich liege hier mit Schmerzen in der Wir-
belsäule, wieder ab. Manches Mal meldet er sich Tage nicht mehr
bei Conny. Das macht sie sehr nachdenklich. Jimmy wurde immer
undurchsichtiger für sie, was wollte er damit bezwecken. Ist er
doch so wie es Conny von Anfang an, vermutete ein Lügner? Oder
ist er zu sensibel und zu gutmütig oder zu labil? Viele Fragen be-
schäftigten Conny im Bezug zu Jimmy, sie hatte so viele schöne
Stunden mit ihm erlebt, er nahm die lange Reise zu Conny auf sich
und war für sie ein ganzes Wochenende da, als es ihr sehr schlecht
ging. Wenn er dann einmal Kontakt aufnahm, konnte es ihm mit

einem Treffen nicht schnell genug gehen, dann hatten auch beiden, wundervolle Stunden miteinander. Er erzählte sehr oft von seinem Geschäft, wie gut alles läuft. Auch hatte er dann ein offenes Ohr für Connys Probleme und sagte seine Meinung dazu. Conny hatte ein Gefühl in sich, dass Jimmy sehr viel mehr Probleme hat, als er zugab. Dass er nicht nur immer wiederkehrende Probleme mit seiner Partnerin hat, sondern auch mit seinem Geschäft und alles, was damit zusammenhängt. Conny weiß, dass er übermäßig viel arbeitet, um alle seine Kosten überhaupt zahlen zu können. Sie vermutete, dass Jimmy ihr alles, was seine Finanzen betrifft, nur etwas vorspielte, um vor ihr gut dazustehen. Sagt er oftmals ganz kurzfristig Treffen genau aus diesem Grunde ab, weil er dann gerade mal wieder knapp bei Kasse ist? Irgendetwas stimmte bei Jimmy nicht. Da sie gerade dabei war ihr Leben komplett neu zu strukturieren, nahm sie sich ganz fest vor, beim nächsten Treffen mit Jimmy alle Ungereimtheiten aus dem Weg zu räumen, sie wollte Klarheit über sein Verhalten ihr gegenüber. Doch ehe es so weit war Jimmy wieder sehen zu können, stand ein Besuch von Peter an. Er merkte immer mehr, wie sich seine Eltern veränderten. Er meldete sich für den nächsten Samstag um die Mittagszeit an. John hatte Wochenenddienst im Krankenhaus und somit hatte er seit langem wieder einmal viel Zeit für seine Eltern. Peter war pünktlich gegen zwölf Uhr bei seinen Eltern im Haus.

Die Stimmung war etwas gedrückt, da Max kurz vorher von seinem Partner kam. Conny war sehr still und begann für die Familie ein kleines Mittagessen zuzubereiten. Peter merkte, dass in seinem Elternhaus etwas nicht stimmte, ging zu seiner Mutter in die Küche und konfrontierte sie ganz direkt mit der Frage:

„Mama bitte sage mir, was hier bei euch anders ist, was ist passiert? Liegt es an meiner Ehe mit John und dass wir mit Vicky und Mandy zusammen ein Kind möchten?"

Conny sagte: *„Nein Peter, wir sind sehr glücklich über eure Entscheidung und eines kannst du deinen Eltern glauben, wir beide freuen uns, dass du mit John sehr glücklich bist und dich zu deiner Homosexualität offen gestellt hast."*

Er: *"Dann bitte Mama sage mir jetzt, was hier los ist, ich merke schon sehr lange, dass irgendetwas zwischen Euch nicht mehr so ist, wie es einmal war. Ist einer von euch etwa ernsthaft krank?"*

Sie: *„Nein Peter, wir sind bei bester Gesundheit, lass uns zu Papa gehen, wir werden es dir gemeinsam erklären!"*

Max, Conny und Peter saßen zusammen an einem Tisch im Wohnzimmer, keiner von beiden konnte einen Anfang machen, um Peter die Wahrheit zu sagen, jeder war für sich sehr nervös. Bis dann Conny anfing, einfach zu sagen: *„Peter wir werden uns trennen."*

Peter stand auf und lief völlig zerstört auf und ab. Er konnte das nicht glauben, streifte sich mit seiner Hand durch die Haare und fragte immer wieder: *„Warum Papa, warum Mama, trennt ihr euch nach über dreißig Jahren?"*

Conny sagte: *„Bitte Peter setze dich zu uns, wir werden dir gemeinsam alles erklären wieso."*

Und somit fing Max sehr zögernd an seinen Sohn die Wahrheit über sein Sexualleben zu einem Mann zu beichten und versuchte ihm klar zu machen, dass er im Grunde, schon bevor er seine Mutter kennenlernte, sich für Jungs interessiert hatte. Doch seine Gefühle, damals aus Angst vor seinen Eltern und von der gesamten Familie verstoßen zu werden immer wieder unterdrückt hatte. Er redete sich selbst immer wieder ein, dass er ein ganz normaler Mann ist und eine Familie gründen muss, um in dieser Gesellschaft ein erfolgreicher Rechtsanwalt zu werden, um seiner Familie einen gewissen Wohlstand bieten zu können. Er wurde so erzogen, dass man nach gewissen Regeln im Leben funktionieren muss. Zu der damaligen Zeit wäre es eine zu große Schande für seine gesamte Familie gewesen, wenn er sich zu seiner Homosexualität offen bekannt hätte. Er erzählte ohne Unterbrechung weiter, dass er seit zehn Jahren schon eine feste sexuelle Beziehung zu einem Mann hat und somit die Gefühle seiner Ehefrau gegenüber immer weniger wurden. Oft war Max schon so weit, es seiner Frau zu sagen, doch dann als sie vor ihm stand, hatte ihm jedes Mal der Mut verlassen. Nick hätte sich schon vor Jahren gewünscht, eine feste Beziehung mit Max zu führen. Nachdem sich Peter zu seiner Liebe zu John offen bekannt hatte, war es Max völlig klar, dass es nun nur noch eine Frage der Zeit war, bis seine langjährige Affäre zu Nick ans Tageslicht kommt. Er hatte keine Kraft mehr, das alles zu verheimlichen. Daher seine immer wiederkehrenden Magenprobleme.

Es schien für Max wie eine Befreiung aus einem Panzer, dass er nun endlich auch seinen Sohn alles erzählen konnte. Peter saß an diesem Tisch und war kreideweiß. Alle drei weinten. In diesem Moment wurde ihm klar, dass er diese Veranlagung von seinem Vater hat. Oft hat auch er an sich gezweifelt, sich zu oft gefragt, wieso bin ich gerade so. Nach ein paar Minuten des Schweigens fragte Peter seine Mutter, wie sie jetzt damit umgehe. Conny sprach sehr leise: *„Weißt du Peter, Papa ist nicht allein schuld. Er kann nichts dafür, dass er in einer anderen Zeit geboren wurde, als gleichgeschlechtliche Paare sich noch verstecken mussten. Das ist heute anders. Deshalb sagte ich dir auch, wir sind beide sehr glücklich darüber das du und John euch gefunden habt. Ihr habt diese Chance, euer Leben und eure Sexualität offen zu leben. Es war ein sehr langer und schwieriger Prozess bis Papa so weit war, um zu seiner Liebe zu einem Mann zu stehen und mit uns darüber reden* *zu können. Heute wissen wir drei, dass unser gesamtes Leben auf einer Lüge aufgebaut war und ich sehr viele Jahre auf mein eigenes Leben für unsere kleine Familie verzichtet habe. Natürlich habe ich mich sehr oft gefragt, wieso Max so wenig oder fast keine Sexualität mit mir benötigt, doch wäre ich niemals auf den Gedanken gekommen, dass er seit vielen Jahren eine Beziehung zu einem Mann außerhalb unserer Ehe führt. Wir hätten uns alle sehr viel erspart, wenn wir nur ehrlich gewesen wären und nicht die Vernunft vor unsere Gefühle gestellt hätten. Doch nun ist alles gesagt, was Papas Teil betrifft. Da wir gerade dabei sind alle Fakten, die zu unserer Trennung beitragen zu offenbaren, muss ich dir gestehen, dass ich auf Grund des jahrelangen Liebesentzuges von Max seiner Seite her, ich vor etwa einem halben Jahr einen Mann kennengelernt habe mit dem ich ..."*

Peter wusste jetzt nichts mehr zu sagen, er war völlig sprachlos, stand auf und lief in aller Eile aus dem Zimmer. Conny wollte ihm hinterher, doch Max bat sie ihn, jetzt mit sich allein zu lassen, bis er sich etwas gefangen hatte. Für ihn ist gerade seine gesamte Familie zerbrochen, gerade jetzt, wo er so glücklich mit John ist, gerade jetzt, wo, die beiden Aussicht, auf ein Kind haben. Als Peter nach dem Gespräch das Zimmer wortlos verlassen hatte, begab er sich weinend in sein ehemaliges Zimmer. Es war genau noch so eingerichtet, wie er es vor vielen Jahren verlassen hatte, um in seine eigene Wohnung zu ziehen und auf eigenen Beinen zu stehen. Conny wollte ihm sofort hinterherlaufen, doch ihr Mann sagte:

„Lasse ihn, er braucht seine Zeit, um alles zu begreifen, was passiert ist und wir beide werden unseren Sohn dabei helfen. Wir werden immer eine Familie bleiben, wir werden immer füreinander da sein, auch wenn wir beide getrennte Wege gehen, das sind wir uns und unserem Sohn schuldig!"

Conny nickte weinend heftig mit dem Kopf und sagte zu Max:

„Ja Max das werden wir, das werden wir mit Sicherheit!"

Nach etwa zwei Stunden klopfte Conny ganz behutsam an Peters Tür und bat ihn eintreten zu dürfen. Er antwortete mit: *„Ja Mama"* Als sie sich auf seinen Bettrand setzte, viel er ihr um den Hals und sagte: *„Ich kann das alles nicht glauben."*

Sie: *„Doch du wirst lernen müssen, damit umzugehen. Papa und ich, wir sind uns einig, dass wir immer eine Familie sein werden und einer für den anderen da sein wird, auch wenn wir in naher Zukunft getrennte Wege gehen werden."*

Peter fragte seine Mutter ganz spontan: *„Wer ist der Mann mit dem du?"*

Sie: *„Er heißt Jimmy, ist zweiundvierzig Jahre alt und ein selbstän-*
diger Maler und Lackiermeister, als ich ihn kennenlernte, waren
meine Absichten rein sexueller Natur."

Peter fragte sofort nach und wollte wissen, ob sich aus diesem
Abenteuer in dieser Zeit mehr entwickelt hatte. Conny wusste darauf keine ehrliche Antwort, zuckte nur mit den Schultern und
sagte: *„Jimmy ist ein sehr netter junger Mann, für mich fast zu*
jung, er führt seit vielen Jahren eine sehr komplizierte Beziehung.
Er arbeitet sehr viel, um sein Geschäft am Laufen zu halten. Ich
verbrachte mit ihm nicht nur schöne Stunden der Zweisamkeit.
Jimmy war in der Zeit, als ich ein paar Tage Urlaub machte, nach-
dem Papa mir von seiner langjährigen Affäre zu einem Mann be-
richtete, für mich da. Er hörte mir zu und gab mir wieder die nötige
Kraft, um das alles hier zu verstehen und damit umgehen zu kön-
nen. Ja ich glaube, ich habe ihn sehr gern. Er sieht das Leben mit
anderen Augen als Papa. Jimmy ist sehr spontan, liebt das Leben.
Er lebt nicht so wie wir die ganzen Jahre, so vernünftig, genau das
gefällt mir. Mit ihm kann man über Dinge lachen, die in unserem
Leben oft zu kurz gekommen sind. Er zeigte mir, wie schön ein un-
gezwungenes Leben sein kann. Aber im Moment möchte ich keine
Partnerschaft eingehen, ich wünsche mir ein Leben ganz allein.
Mich auf einen Beruf konzentrieren, wo ich Anerkennung erhalte

und meinen eigenen Weg gehen und mich als Frau verwirklichen
kann."

Nun wollte Peter noch wissen, wer der Partner an seinem Papas Seite ist. Conny erzählte ihm, wie er heißt und was er beruflich macht. Den Rest sollte Max seinen Sohn alles Selbst erzählen, wenn es die Situation einmal ergibt.

Jetzt wurde Peter etwas ruhiger. Die beiden gingen hinunter in die Küche, um etwas zu Essen zu machen. Als ihr Mann nach einer Weile dazukam, versuchte Peter, die Stimmung etwas zu lockern. Als Max fragte, was es denn heute Leckeres zu essen gibt, sagte er: *„Mama versucht sich gerade, Babynahrung zu kochen."*

Oh, antwortete Max: *„Ist es denn schon so weit?"*

Peter gab bekannt, dass die ersten Vorgespräche im Kinderwunschzentrum schon in drei Wochen wären und dass die Aussichten nicht die Schlechtesten sind. Das freute Conny und Max, beide erwähnten sofort, dass sie immer auf dem Laufenden gehalten werden möchten.

Plötzlich war alles in diesem Haus so locker, so ungezwungen. Max animierte seinen Sohn dazu zu dieser „Babynahrung" doch einmal eine gute Flasche Wein aufzumachen, jetzt mussten alle zusammen lachen, das gab es in dieser Art nur sehr selten. Während des gemeinsamen Abendessens wurde kein Wort mehr über Trennung oder die Gründe dazu gesprochen. In erster Linie erzählte Peter nochmals von Vicky und Mandy, wie sie sich kennenlernten und wie es zu der Idee kam als homosexuelles Paar, gemeinsame Kinder über eine künstliche Befruchtung im Kinderwunsch – Zentrum nachzudenken.

Conny und Max fanden diese Idee als völlig genial. Sie ist im Grunde sehr leicht umzusetzen, wenn alle Beteiligten sich über die Erziehung und das Umgangsrecht einig sind und dies auch wirklich umsetzen.

Max wird als Rechtsanwalt natürlich seinen nötigen Rechtsbeistand geben und immer für Fragen diesbezüglich zur Verfügung stehen.

„Ja, sagte Peter und Mama kocht Babynahrung und wäscht Windel!! Wieder wurde gelacht.

Es herrschte eine seit langem nicht mehr gekannte Harmonie in diesem Haus, war es der Druck, der jetzt von Max und Conny gefallen ist, der das jetzt ermöglichte? Ja alle zusammen sind gemeinsam einen großen Schritt in eine neue, „glücklichere" Zukunft gegangen!

Auch wenn ihr Sohn jetzt noch sehr lange brauchen wird, um die Trennung seiner Eltern zu begreifen, ist er sehr stolz auf sie, dass sie so vernünftig mit dieser schweren Situation umgehen.

Drei Wochen später war bereits der erste Termin für Peter, John, Vicky und Mandy im Kinderwunschzentrum. Alle vier waren wahnsinnig aufgeregt. Zum Vorgespräch nahmen Herr Professor Dr. Müller, Diplompsychologin Frau Dr. Wolf und Kinderpsychologin Frau Dr. Geier teil. An diesem Tag wurde besprochen, welche Voraussetzungen für eine künstliche Befruchtung gegeben sein müssen. Professor Dr. Müller klärte die Betroffenen darüber auf, dass es aus medizinischer Sicht, heute kein Problem mehr ist, einer Frau auf diesen Weg zu einer Schwangerschaft zu verhelfen. Da aber die zwei gleichgeschlechtliche Paare, nicht zusammen verheiratet sind, wird es nicht zu umgehen sein, ein psychologisches Gutachten über jede einzelne Person und eine spezielle Bescheinigung einer Ethikkommission der zuständigen Ärztekammer einzuholen.

Diplompsychologin Frau Dr. Wolf interessierte es, wie sich die beiden Paare geeinigt haben, wer die Mutter und wer der Vater des Kindes sein sollte. Mandy, als die zukünftige Mutter begann darüber zu berichten, dass beide Paare jeweils zusammen verheiratet sind. Sie ist Unterstufenlehrerin und ihre Partnerin ist Zahnärztin. Daraufhin haben die zwei Frauen für sich beschlossen, dass Mandy das Kind austragen sollte. Für sie ist es aus beruflichen Gründen einfacher, ein paar Jahre zu Haus zu bleiben, um sich um den Nachwuchs zu kümmern. Peter und John hingegen haben für sich entschieden, dass Peter der Spermienspender sein sollte. Alle vier möchten in einer Art Patchwork Familie sich um das Kind kümmern. Mandy kann schon aus beruflichen Gründen sehr gut mit Kindern umgehen und ihnen ein gutes Wissen vermitteln.

Peter der zukünftige Vater ist sehr musikalisch und kreativ veranlagt. Damit wäre das Erbgut für das Kind auf einem guten Fundament gebaut. Kinderpsychologin Frau Dr. Geier interessierte, wie sich die Beteiligten die Erziehung im Alltag des noch ungeborenen Kindes vorstellen.

Jetzt antwortete John. Er selbst ist Krankenpfleger und macht eine zusätzliche Ausbildung zum Palliativpfleger. Er arbeitet als einziger der beiden Paare im Schichtdienst. Somit hat er auch Wochenenddienste, aber eben auch unter der Woche einmal länger ein paar Tage frei. Peter sein Partner ist selbstständiger Architekt und kann sich seine Arbeitszeit selbst einteilen, auch hat er die Möglichkeit von zu Hause aus zu arbeiten. Mandy die zukünftige Mutter möchte gerne, bis das Kind drei Jahre alt ist, Hausfrau sein und danach wieder in ihren Beruf einsteigen. Wir alle sind der Überzeugung, dass ein Kind unbedingt lernen muss, in einer Gruppe zu leben und soziale Kontakte knüpfen muss, um einmal im Leben bestehen zu können. Vicky wird ihren Beruf als Zahnärztin wie gewohnt weiterführen. Wir alle zusammen werden uns über erzieherische Maßnahmen und wichtigen Entscheidungen zum Wohle des Kindes absprechen und einigen.

Peter führte nun das Gespräch weiter. Die Paare wohnen in einem Ort nicht weit voneinander und können immer füreinander da sein, wenn Mandy Entlastung benötigt. Das Kind sollte so heranwachsen, dass es ganz normal ist, zwei Mütter und zwei Väter zu haben. Auch haben sie vor, so viel wie möglich ihre Freizeitaktivitäten und Urlaube zusammen zu verbringen.

Alle drei Fachleute waren der festen Überzeugung, dass diese Entscheidung der beiden Paare, ein sehr guter Weg ist, um sich ihren Kinderwunsch zu erfüllen. Professor Dr. Müller sagte zum Abschluss des Erstgespräches, sobald die psychologischen Gutachten über jede einzelne Person und die speziellen Bescheinigungen, einer Ethikkommission der zuständigen Ärztekammer vorliegen, die einer künstlichen Befruchtung von Mandy und Peter zustimmen, werden alle nötigen medizinischen Untersuchungen folgen. Er erwähnte dazu noch, dass alle anfallenden Kosten von den zukünftigen Eltern selbst getragen werden müssen. In Deutschland beteiligen sich Krankenkassen nur an einer künstlichen Befruchtung, wenn die Elternteile zusammen verheiratet sind.

Alle waren sichtlich erleichtert, dass dieses erste Gespräch sehr gut verlaufen war.

An diesem Abend hatten alle zusammen ihre Eltern, die dann einmal Großeltern werden sollten, zum Essen eingeladen. Es war eine große Tafel in einem Restaurant bestellt.

Conny und Max kamen getrennt hinzu, ihr Mann ist seit der Trennung nur noch selten zu Hause. Er verbringt, seit er seiner Familie offenbart hat, dass er seit zehn Jahren eine Affäre zu einem Mann hat, mit ihm sehr viel Zeit. Für Conny ist es so in Ordnung. Sie einigten sich darauf, trotz alledem für Peter immer seine Eltern zu bleiben und auch immer für ihn da zu sein. Es war ein spannender Abend für alle, zu sehen, wie glücklich die beiden Paare waren, über das, was in Zukunft auf sie zukommen wird. Keiner der Anwesenden hätte an diesem Abend gedacht, dass Conny und Max sich nach über dreißig Jahren Ehe getrennt hatten. Es herrschte eine völlige familiäre Harmonie.

Nur als alle wieder nach Hause gefahren sind, stieg jeder für sich in sein Auto und sie fuhren in verschiedene Richtungen.

Zwei Tage später hatte Conny vor sich nach langer Zeit wieder einmal mit Jimmy in dieser kleinen erotischen Wohnung zu treffen. Sie freute sich auf ihn, doch irgendwie hatte sie auch den Eindruck, es ist alles nicht mehr so, wie es einmal begann. Jimmy hatte sich sehr verändert. Der Kontakt zwischen den beiden war im Moment nur spärlich. Conny hatte das Gefühl, das er große Probleme in sich trägt.

Sie war die Erste, die angereist war, Jimmy hatte sich ein klein wenig verspätet. Sie hatten sich sehr viel zu erzählen, am meisten freute sie sich, von Peters Vorhaben zu berichten. Jimmy fand diese ganze Angelegenheit mit dem Kind genial und war davon überzeugt, dass diese Sache ein gutes Ende finden würde. Er machte einen Witz mit Conny und sagte: *„Ha meine liebe, dann bist du ja bald eine Oma."*

So hatte es Conny noch gar nicht gesehen, sie meinte: *„Ja Jimmy dann bin ich eine Oma, aber eine ganz flotte. Du kannst dich ja jetzt gleich, wenn wir ein schönes Bad nehmen, davon überzeugen, ob ich noch gelenkig genug bin als Oma!"*

Beide schmunzelten.

Sie ging in die kleine Küche und begann etwas mitgebrachtes Sushi auf eine kleine Platte zulegen, Jimmy öffnete eine Flasche Sekt. Beide wollten es sich in dieser sehr großen Badewanne damit gut gehen lassen.

Doch als Jimmy Conny so in der Küche stehen sah, mit ihrem kurzen Rock und ihrem engen Shirt, musste er sie erst einmal genießen. Er umfasste sie von hinten, massierte ihre straffen Brüste. Dies gefiel Conny, sie lehnte sich zurück an Jimmys Brust und schloss die Augen.

Sie freute sich auf das Spiel, was nur er mit ihr machen durfte. Sie bat ihn, sich kurz die Hände waschen zu dürfen.

Jimmy drückte sie ganz fest an seinen Körper, Conny bemerkte dabei sein sehr großes, hartes „Bärchen". Sie streichelte ihn behutsam, öffnete Jimmys Hose und entriss ihm die Kleidung.

In diesem Moment merkte Conny, wie sie nass wurde. Ihr Slip war völlig durchnässt. Jimmy bemerkte es, als er ihr unter ihren Rock fuhr, um sie in ihrer Höhle der Sehnsucht, mit seinen Fingern zu verwöhnen.

Er flüsterte ihr in Ohr: „*Oh, ganz schön feucht heute, komm ... ich setze dich jetzt auf den Herd, ich will dich jetzt und hier!*"

Und so geschah es, Jimmy hob seine Conny hoch, er suchte sich ganz zärtlich den Weg zu ihrem Venushügel und verwöhnte sie mit seiner Zunge zwischen ihren Schenkeln. Conny warf ihren Kopf nach hinten und begann lautstark an zu stöhnen, er erfragte, ob ihr das gefällt. Sie schrie: „*Ja Jimmy ja, ja gib es mir, mach mich verrückt!*"

Sie legte ihre Beine um Jimmys Hüfte, zog ihn hastig an sich ganz nah heran, stützte sich mit ihren Armen nach hinten ab, jetzt kam ihr Po noch höher, sie spürte, wie ihr Saft bis zu ihrem Rücken lief. Jimmy packte ihre Schenkel mit seinen muskulösen Armen, stoß sein „Bärchen" weit in ihre Höhle hinein, blieb kurz ganz still darin ohne eine Bewegung. Er genoss das Gefühl, ganz weit in Conny drin sein zu dürfen. Sie fing langsam an kreisende Bewegungen mit ihrer Hüfte zu machen, dies gefiel Jimmy, nun wurde er immer heißer. Er verschlang Connys Brüste in seiner Geilheit, stoß sich überheftig mit seinem hämmernden Penis um den Verstand. Als bei Jimmy die Stimmung am höchsten war, wollte Conny unbedingt sein „Bärchen" mit ihren Lippen verwöhnen. Sie bettelte lautstark: *„Gib ihn mir, Jimmy gib ihn mir, jetzt Jimmy!"*

Er hob sie von diesem Herd, Conny kniete sich vor ihm und brachte ihn mit ihrem Mund zum Erliegen. Jimmy warf seinen Kopf nach hinten und stöhnte genüsslich und völlig zufrieden. Jetzt gönnten sie sich eine kleine Verschnaufpause auf dem Bett. Er nahm Conny in seine Arme und sagte: *„Das war so wunderschön!"* Conny stimmte ihm zu. Nach etwa einer Stunde Schlaf, beschlossen sie beide, nun ein schönes Bad zu nehmen und dabei das Sushi zu essen.

Sie machten es sich in der Wanne sehr gemütlich. Relaxten mit einem Glas Sekt und sprachen über alle mögliche Dinge, die in letzter Zeit so passiert sind. Jimmy holte tief Luft und begann Conny davon zu erzählen, dass er sich jetzt endgültig von seiner Partnerin Steffi getrennt habe. Conny verschluckte sich gleich an ihrem Sekt und fing zu husten an. Sie meinte: *„Wie, ihr habt euch doch gerade erst vor ein paar Wochen wieder versöhnt?"*

Da Conny schon länger bemerkt hatte, dass bei Jimmy irgendetwas nicht stimmt, wollte sie jetzt alles wissen. Sie bat ihn, wenn er Vertrauen zu ihr hat, ihr die ganze Wahrheit über sein Leben zu erzählen.

Nach einem kurzen Schweigen sagte er: *„Lass uns dazu ins Wohnzimmer gehen, es könnte etwas länger dauern."*

Sie machten es sich auf der Couch gemütlich. Conny reichte Jimmy ein Bier und lauschte ihm gespannt zu.

Jimmy begann, schweren Herzens an zu erzählen:

„Wie du ja schon weißt, ist in meinem Leben nicht immer alles glatt gelaufen, meine erste Scheidung nach nur vier Jahren Ehe hat Spuren bei mir hinterlassen. Meine Frau hatte einen anderen Mann kennengelernt, einen der immer zu Hause war und am Wohnort gearbeitet hat. Sie zog aus unserem Haus aus und ging zu ihm. Ich hatte Glück und musste dieser Frau keine Anteile für das Haus zahlen, da ich dies vor der Ehe von meinen Eltern geerbt hatte. Der Kontakt zu meiner Tochter wurde mir damals von ihrem neuen Partner strengstens untersagt. Aus Rücksicht auf das Kind, was damals gerade erst zwei Jahre alt war, habe ich diese Entscheidung akzeptiert. Ich hätte nicht gewollt, dass unsere Trennung auf dem Rücken des Kindes ausgetragen wird.

Meine Meinung damals war, wenn meine Tochter alt genug ist, sollte sie selbst entscheiden, ob sie den Kontakt zu mir möchte,

oder nicht. Ich zahlte all die Jahre immer pünktlich meine Ali-
mente. Rief sie nicht nur zum Geburtstag und zu Weihnachten an,
doch ich hatte keine Chance, man legte den Hörer sofort wieder
auf. Somit erhielt ich auch nie eine Auskunft über ihre Entwick-
lung. Ich hatte keine andere Wahl als es so hinzunehmen, auch
wenn es mir dabei mein Herz zerrissen hat.

Nach dieser Scheidung lebte ich fünf Jahre allein in meinem Haus.
Ich war die ganze Woche unterwegs, um zu arbeiten und am Wo-
chenende erledigte ich meinen Haushalt. Hatte hier einmal eine
Frau für schöne Stunden und da einmal. Zu dieser Zeit genoss ich
es, Single zu sein.

Dann riss mich der plötzliche Tod meines Vaters von einer Minute
auf die andere aus meinem sorgenfreien Leben auf dessen Schat-
tenseite. Mein Vater war immer vor Ort, leitete das Büro und be-
sorgte Aufträge für mehr als sechzig angestellte, kümmerte sich
um zahlungsunwillige Kundschaft. Ich hingegen war in ganz
Deutschland unterwegs und arbeite alle Aufträge mit unseren
Mitarbeitern ab.

Wie du ja schon weißt, ist es mir damals leider nicht gelungen, un-
ser Familienunternehmen in der Größe weiter zu führen. Mir tat es
für jeden einzelnen Angestellten sehr weh ihn entlassen zu müs-
sen, meine Erkrankung, das Burnout hatte mich auf Grund der
maßlosen Überlastung zu lange im Griff.

Dann folgte, dass Insolvenz. Ich war nicht in der Lage ohne Mitarbeiter, ob auf den Baustellen oder im Büro alle Aufträge abzuarbeiten. In dieser für mich schlimmen Zeit lernte ich Steffi kennen. Sie hatte sich gerade von ihrem Mann getrennt. Nach kurzer Zeit zog sie mit ihrem Sohn bei mir ein. Ich sah es als eine Chance für uns beide, völlig neu anzufangen. Steffi hatte einen Job und verdiente nicht schlecht. Ich begann, wieder ohne Angestellte mich als Subunternehmer übers Wasser zu halten. Mit Steffi gab es von Anfang an schon immer viele Streitereien. Entweder ging es dabei um ihren Sohn, um ihre schlechte Art einen Haushalt zu führen, oder ums Geld. Sie wusste, dass ich bevor mein Vater starb sehr gut gelebt hatte. Sie hat es nie begriffen, dass mit der Schließung der Firma und meiner Insolvenz, es damit vorbei war. Immer öfters kaufte sie, wenn ich unter der Woche außerhalb gearbeitet hatte, auf meinem Namen unwichtige Dinge ein. Konnte sie aber nie bezahlen, später kamen dann Mahnungen zu mir. Immer wieder musste ich diese begleichen. Schon nach einem halben Jahr, in dem wir zusammenlebten, war der Zeitpunkt das erste Mal gekommen, sich wieder zu trennen.

Sie schaffte es mich immer wieder auf ihre Seite zu ziehen, da ich jemand bin, der nicht alles gleich wegwirft. Sie kannte meine sensible Seite an mir zu gut. Steffi bot mir an meine Büroarbeit, soweit sie dazu im Stande war zu übernehmen. Ich gab ihr die

Möglichkeit sich um Überweisungen und das Einsortieren von
Rechnungen und Quittungen zu kümmern.
Anfangs funktionierte dies auch sehr gut. Sie hatte zwar keinerlei
Kenntnisse einen Computer zu bedienen und damit Buchungen für
mein Geschäft zu machen aber die Unterlagen waren erst einmal
ordentlich da, wo sie sein mussten. Ich hatte es so geplant, dass
ich am Ende des Jahres diese Ordner zum Steuerberaten gebe, der
sich dann um alles Weitere kümmert. Mir war es mehr als wichtig,
von Anfang an mein kleines Unternehmen solide zu führen."

Jimmy machte eine kleine Pause, ihm viel es nicht leicht über, dass
alles zu sprechen. Conny verstand es sehr gut und hatte viel Verständnis für ihn, was sie Jimmy auch so sagte.
Doch er wollte, dass Conny jetzt alles erfährt, und erzählte weiter.
Seine Aufträge, die er erhielt, wurden immer mehr und immer größer, Jimmy musste noch mehr arbeiten und war oft nur an einem
Wochenende im Monat zu Hause. Sein Ehrgeiz und seine Ehrlichkeit trieben ihn immer mehr dazu, so viel wie möglich, Geld an den
Insolvenzverwalter zahlen zu können. Er wollte und konnte es
nicht mit seinem Gewissen vereinbaren, dass frühere Geschäfts-
partner nicht zu ihrem Geld kamen. Es war ein sehr harter und
steiniger Weg. Doch Jimmy hat versucht, ihn zu gehen.

In seinem Privatleben lief dagegen immer mehr schief. Jimmy hatte die Kontrolle über Steffi völlig verloren. Sie wirtschaftete mit dem Geld nur auf ihre Art. Sie bezahlte keine Rechnungen, die Jimmy ihr beauftrag hatte. Mahnungen und Mahnbescheide, die ins Haus kamen, vernichtete sie oder legte sie an einem unbekannten Ort ab. Sie verlor Jimmy gegenüber darüber kein Wort. Er hatte zu wenig Zeit sich auch noch um die Büroarbeit zu kümmern. Er war so dumm und vertraute ihr. Bis eines Tages Jimmy ein paar Tage Urlaub machte und genau in dieser Zeit der Gerichtsvollzieher vor der Tür stand. Dieser hatte dann Jimmy die Augen geöffnet. Jimmy trennte sich erneut von Steffi. Da sie aber in der Zwischenzeit zwei Kredite für Jimmy aufgenommen hatte, um sein Subunternehmen aufzubauen, wehrte sie sich dagegen auszuziehen. Sie argumentierte es damit, dass sie dann diese ganzen Kosten allein tragen müsste. Die beiden lebten fast sieben Monate in seinem Haus wie in einer Wohngemeinschaft.

Danach näherte man sich wieder an, versuchte noch einmal, einen Weg gemeinsam zugehen und damit begann das ganze Spiel von vorn.

Sie vernachlässigte ihr Äußeres und den gemeinsamen Haushalt immer mehr, verbrachte ihre gesamte Freizeit im Pferdestall. Steffi hatte sich von Jimmys Geld einfach zwei Pferde zugelegt, da es schon immer ihr Traum war.

Die Büroarbeit für Jimmy ließ sie völlig schleifen. Sie sah nur die Einnahmen, doch niemals die wichtigen Ausgaben.

Jimmy hatte mittlerweile ein regelmäßiges Jahreseinkommen von etwa achtzigtausend Euro netto, er ist in der Lage alte Rechnungen aus seiner Insolvenz zu zahlen. Doch Steffi bekommt es nicht hin mit dem Geld, was ihr zur Verfügung stand, auszukommen. Selbst die Stallmiete muss Jimmy für sie übernehmen.

Dies alles brachte ihm dazu, sich im Internet nach einer anderen Frau umzusehen. Er wollte endgültig den Schlussstrich mit Steffi ziehen. Aus arbeitstechnischen Gründen hatte, dass alles nie so funktioniert, wie er sich es gewünscht hatte. Damit begann, das Karussell sich in die falsche Richtung zu drehen.

Jimmy trank, des Öfteren zu viel Alkohol, um seine Depressionen nicht so sehr durchleben zu müssen. Seine geschäftlichen Verpflichtungen wurden im egal, ab und zu nur bezahlte er einmal eine ganz dringende Rechnung oder Mahnung.

Er verbrachte seine wenige Freizeit bis spät in die Nacht am Computer und belustigte sich mit fremden Frauen. Auch wenn das immer nur virtuell war, gab es ihn in dieser Zeit eine gewisse Ablenkung von seinem realen Leben. Da erlebte er manchmal ein paar Glücksgefühle ganz für sich allein, die er schon sehr lange nicht mehr kannte. Somit traf er auch auf Conny, er sagte, ich habe dich von der ersten Minute an sehr gemocht. Mit deiner Art und mit deiner Offenheit, wie du mir damals geantwortet hattest. Als wir uns dann das erste Mal trafen, wurde mir klar, dass du eventuell die Frau sein könntest, die mir die nötige Kraft schenken würde, um von Steffi endgültig loszukommen.

Doch als ich dann von dir hörte, was dein Mann für einen Beruf hat, war mir völlig klar, dass es mit uns nie etwas werden könnte. Wir beide leben ein zu unterschiedliches Leben, du auf der Sonnenseite und ich auf der Schattenseite des Lebens.

Jimmy nahm sich nun schon das vierte Bier, Conny bat ihn höflich, bitte etwas langsamer zu trinken.

Jetzt verstand sie, wieso Jimmy oftmals sich nicht bei ihr meldete. Ihr wurde nun so einiges klar. Vieles aus seinem Leben kannte sie ja schon, doch dass es mit einer soliden Geschäftsführung so mangelt, schockiert Conny gewaltig.

Diese Dinge sind das erste, was in einem eigenen Geschäft in Ordnung sein muss!

Sie fragte ihn, wie er sich seine Zukunft vorstelle, wie er einen Weg finden will, um aus dieser Lage wieder rauszukommen. Er hatte keine Lösung. Sich einen Steuerberater zu nehmen, der seine gesamten Unterlagen der letzten fünf Jahre ordnet und zu einem Abschluss bringt, kann er sich aus finanziellen Gründen nicht leisten. Es würde ein Vermögen kosten. Ihm bleibt keine andere Wahl wie im Moment so weiter zu machen wie bisher und in seiner Freizeit an den wenigen Wochenenden sich darüber zu machen und die vielen Unterlagen der ganzen Jahre Stück für Stück abzuarbeiten.

Er gestand Conny, dass er vor drei Wochen seine Beziehung zu Steffi endgültig beendet hatte. Sie hat bereits eine eigene Wohnung und ist dabei sie einzurichten. Um jeglichen Streit, aus dem Weg zu gehen, hat Jimmy ihr erlaubt alles Wichtige was sie für einen Neuanfang benötigt, aus dem gemeinsamen Haushalt mitzunehmen. Die zwei Kredite die Steffi noch zu zahlen hat und zum Teil für Jimmys Neustart waren, wird er jeden Monat zu hundert Prozent übernehmen.

Jetzt staunte Conny nicht schlecht und lobte Jimmy mit den Worten: *„Du bist ein ganz lieber und ehrlicher Mensch Jimmy, ich glaube, du bist viel zu gut für diese Welt, wenn du jetzt stark bleibst und durch diese harte Zeit gehst, für dich selbst weißt, was für dich gut ist, dann wirst du es auch schaffen in absehbarer Zeit wieder ein vernünftiges Leben zu führen, eines ohne Schulden und ohne Angst dein Geschäft erneut zu verlieren. Jimmy ich glaube an dich!"*

Er nahm sie in seinen Arme und hielt die ganz fest.

Conny wollte unbedingt noch wissen, wieso er gerade jetzt so fest entschlossen war, sein Leben so auf den Kopf zu stellen.

Jimmy sagte: „*Daran hast du Schuld, du hast mir meine Augen geöffnet, du hast mir gezeigt, wie schön das Leben sein kann. Ich durfte mit dir zusammen Dinge erleben, die ich niemals für möglich gehalten habe!*"

Sie nahm beide Hände von Jimmy und machte ihm den Vorschlag, ihm bei seiner Büroarbeit soweit es ihr möglich ist, zu helfen und ihn zu unterstützen. Sie weiß zwar noch nicht wie, dass alles gehen sollte, doch es wird irgendeinen Weg geben.

Er war von diesem Angebot sehr überrascht aber auch erfreut. An diesem langen und aufschlussreichen Abend fielen beide in ihr Bett, Jimmy sagte noch zu Conny: „*Schön, dass es dich für mich gibt!*"

Engumschlungen schliefen sie zusammen ein.

Conny war am nächsten Morgen schon sehr zeitig wach, sie konnte Jimmys Probleme nicht aus ihrem Kopf bekommen. Sie selbst steckt mitten in ihrer Trennung nach mehr als dreißig Jahren Ehe. Sie verstand plötzlich die Welt nicht mehr. Alles war, seit Conny ihn kannte anders. In der Zeit als Jimmy noch schlief ging sie ganz leise duschen, sie wollte Jimmy nicht aufwecken. Er war völlig fertig, seine ganzen Lebensumstände kosten ihn unglaublich viel Kraft.

Sie schlug sich ein Badehandtuch um ihren Körper und machte Frühstück. Bestückte ein Tablett mit allem, was sie dazu benötigt.

Auf der kleinen Terrasse, die an diese Wohnung grenzte, stand eine wunderschöne Kletterrose. Conny nahm sich ein paar und stellte sie in ein Glas mitten auf dieses Tablett. Sie kochte Eier und Kaffee.

Es sah großartig aus, ihrem Frühstück im Bett mit Jimmy stand nichts mehr im Wege.

Ganz still und leise schlich sie zu ihm, stellte das Tablett mitten ins Bett und weckte ihn liebevoll mit einem Kuss auf die Stirn und sagte: *„Guten Morgen, Frühstück ist fertig!"*

Er war verblüfft, von Connys Idee im Bett zusammen zu frühstücken. Lange schon wurde er nicht so liebevoll geweckt. Er richtete sich auf und beide hatten viel Spaß damit sich gegeneinander mit Erdbeeren, Weintrauben und belegten Brötchen zu füttern. Ein Glas Sekt rundete diesen Vormittag ab. Plötzlich nahm Jimmy den Rest vom Frühstück vom Bett, stellte es auf den Fußboden und überfiel Conny mit Zärtlichkeiten, wieder konnte er von ihr nicht genug haben. Er nutzte dazu Connys Stellung, die gerade auf dem Bett kniete.

Jimmy kniete sich hinter sie und begann sie von hinten an ihrem Ohr und an ihrem Hals zu liebkosen, das gefiel ihr. Er massierte aufs feinste ihre großen Brüste. Und schon hatte er sie wieder da, wo er sie am liebsten hatte. Sie verging vor Geilheit.

Er fuhr mit seiner rechten Hand in Richtung Venushügel, streifte ganz sanft ihren Kitzler, massierte mit seinen zarten Händen ihre Schamlippen, ein ganz kurzer Griff, in Connys Höhle der Sehnsucht weckten sofort den Teufel in ihr. Sie spreizte ihre Beine immer weiter, dehnte ihren Körper immer weiter nach oben, schlug ihre Arme rückwärts um Jimmys Kopf und ihren Po immer weiter in Richtung „Bärchen". Jetzt wusste Jimmy, sie muss ihn ganz dringend haben. Er gab ihn ihr in ihren Po. Ganz sanft und zärtlich. Mit seinen Fingern rieb er an Connys Kitzler, sie war dem Wahnsinn schon nah, doch Jimmy wollte jetzt noch viel mehr, er unterbrach, trug sie auf seinen Armen in das benachbarte Zimmer in dem Liebessüchtige sich hemmungslos ausleben können. Sie vertraute ihm, schloss ihre Augen und ließ es einfach geschehen. Er legte sie behutsam in diese Liebesschaukel. Jimmy hatte das mit Conny schon einmal erleben dürfen, er wusste, wie gern sie es hatte, darin in den Wahnsinn getrieben zu werden. Sie spreizte ihre Beine weit nach außen, er legte die Lederriemen um ihre Fußgelenke, zog sie fest. Die Arme wollte Conny in diesem Moment freilassen, um Jimmy immer wieder an seinem „Bärchen" verwöhnen zu können. Sie stöhnte, sie hielt es fast nicht aus, bis Jimmy ihr ihren Saft aus ihrer Venus saugte. Ihm machte dieser Geschmack völlig geil, er konnte nicht genug davon haben.

Dann nahm er seine Finger, Conny wollte mehr, sie wollte wieder seine ganze Hand in sich, er gab sie ihr und brachte Conny wieder zu abspritzen, ihr Saft kam mit so viel Power aus ihr geschossen, dass auch sie auf ihren Schenkeln und auf ihren Bauch bis hinauf zu ihren Brüsten zu spüren bekam. Das war für Jimmy der Anlass langsamer zu machen. Er wollte, dass sich Connys Venus wieder etwas beruhigt damit sie, wenn er mit seinem „Bärchen", in sie eindringt, einen wundervollen Orgasmus erlebte, heute wollte er ihr alles geben, sie bis aufs feinste befriedigen.

Nach einer entspannenden Genitalmassage beruhigte sich Conny wieder, sie war zwar noch sehr heiß, aber entspannt. Nun wusste Jimmy, dass es der richtige Zeitpunkt war, in Conny genüsslich einzudringen. Er spielte erst mit „Bärchens" Kuppe an Connys Venus etwas herum, schmunzelte sie sehr glücklich an, das gefiel ihr. Sie hechelte und wartete ungeduldig auf das Eindringen von Jimmy, plötzlich schrie er: *„Jetzt, jetzt mache ich dich glücklich!"* In diesem Moment fing sie an mit ihrem Hintern heftig zu vibrieren, dann immer schneller, Jimmy hielt im Rhythmus mit, beide Körper schlugen lautstark aneinander, bis beide einen erfüllenden Orgasmus erleben durften. Minuten lagen sie mit vibrierenden Genitalien aneinander.

Jimmy hängte sich zur Erholung in die oberen Lederschlaufen und baumelte völlig erschöpft hin und her. Conny lag mit geschlossenen Augen in der Schaukel, sie sah für Jimmy aus wie ein kleines, zufriedenes Kind. Nach einer Weile der Erholung gingen sie zusammen Duschen, sie seiften sich gegenseitig ihren befriedigten Körper ein, danach legten sie sich noch etwas auf das Bett, um zu relaxen.

Zum Essen fuhren sie in eine kleine Pizzeria ganz in der Nähe. Jimmy bedankte sich noch einmal bei ihr, dass sie ihm so geduldig zuhörte am gestrigen Abend. Jetzt habe er genug Kraft, um die Probleme anzugehen und zu lösen!

Es war für Conny ein guter Anlass, Jimmy ihre Entscheidung mitzuteilen, dass sie nachdem, sie sich einen Überblick geschaffen habe, gerne bereit wäre, ihm bei seinen Büroarbeiten zu helfen und alles dafür geben würde, dass Jimmy auf den schnellsten Weg, wieder eine solide Buchführung hatte und alle Finanzangelegenheiten wieder überschaubar wurden.

Jimmy sah sie verdutzt an und fragte: *„Das würdest du für mich machen?"* *„Ja klar,"* antwortete sie, *„wenn du es möchtest, komme ich in den nächsten Wochen einmal für ein paar Tage zu dir nach Bayern, dann erst werde ich sagen können, ob ich diese Aufgabe annehmen werde!"*

Jimmy war einverstanden, ihm war klar, dass er für diese viele Arbeit ganz allein Jahre brauchte.

Conny fügte noch dazu, dass sie schon immer, einmal nach Regensburg wollte, um sich den Dom in aller Ruhe anzusehen. Sie schwärmte schon viele Jahre von den Regensburger Domspatzen. Da Jimmy nur etwas fünfzig Kilometer davon entfernt wohnte, würde sich die Reise für sie doppelt lohnen.

Zwei Wochen später war es so weit, Conny fuhr zu Jimmy nach Bayern. Sie hatte ein Hotelzimmer, etwa zwanzig Kilometer von ihm entfernt gebucht. Da er sich gerade in der Zeit der Trennung befand, hielten es beide für angebracht, dass sie in seiner näheren Umgebung nicht zusammen gesehen werden. Jimmy wollte kein Risiko eingehen und seiner Ex neuen Nährboden für Streitigkeiten geben.

Jimmy war an diesem Tag sehr aufgeregt. Schon zwei Stunden, bevor Conny in seinem Bürogebäude ankommen sollte, schrieb er ihr: *„Wann wirst du da sein, wo steckst du gerade?"*

Dann wieder eine halbe Stunde vor Anreise, wieder eine Anfrage. Conny musste schon schmunzeln. Einen Kilometer vor ihrem Ziel schrieb sie ihn zurück: „Bin gleich bei dir!"

Sie fuhr auf das Grundstück, des Bürogebäudes, in diesem Moment erschien Jimmy, er stand strahlend an der Tür. Beide hatten eine Begrüßung ohne Körperkontakt besprochen. Offiziell ist

Conny seine Aushilfe im Büro, die ihn dabei unterstützt alles wieder zu ordnen.

Er bat sie herein, schloss hinter sich die Tür und nun nahm er sie ganz fest an sich und gab ihr den süßesten Kuss aller Zeiten. Er sagte: *„Herzlich willkommen in meinem chaotischen Büro!"*

Jimmy machte den Eindruck, als schäme er sich, für seine Vergangenheit und mit allem, was dazugehörte.

Conny sah sich kurz um, gleich am Eingang stand ein großer Tresen, an dem sicher früher als das Geschäft noch sehr gut ging, einmal zwei Damen für die Kundschaft da waren. Jetzt war alles völlig verstaubt und verdreckt, überall lagen irgendwelche Ordner, Rechnungen und Flyer zwischen schmutzigen Kaffeetassen.

Conny ignorierte diesen Anblick und lächelte. Jetzt nahm Jimmy sie mit durch eine Glastür und wollte ihr unbedingt seine Werkstatt zeigen. Diese war Jimmys Stolz. Conny war sehr überrascht wie geordnet seine Arbeitsmaterialien, Farben, Lacke fein säuberlich in Regalen sortiert waren. Alle Maschinerien, Gerüste und Ähnliches was Jimmy so als Maler und Lackierermeister benötigte, waren tipptopp aufgereiht.

Conny sprach ihm ihr Kompliment dafür aus. Er erzählte ihr mit viel Stolz, welches Gerät, für was angewendet wird.

Dann nahm er sie an die Hand und sagte: *„Und nun zeige ich dir die oberste Etage, da wo die meiste Arbeit auf uns beide wartet."*

Sie war gespannt, was sie nun in diesem sehr alten Gebäude erwarten würde.

Oben angekommen, dachte Conny, sie trifft der Schlag, sie hatte sich ja auf Grund der Gespräche mit Jimmy so einiges gedacht, was in seinem Büro los ist, doch was sie hier sah, übertraf alles. In fünf Zimmern, überall nur Papiere, Rechnungen, Kassenbons und Kontoauszüge. Alle einfach völlig durcheinander, wie sie kamen abgelegt und ignoriert.

In einem Zimmer stand eine alte Couch auf der Jimmy des Öfteren, wenn es zu Hause Streit gab, übernachtet hatte. In dem gegenüberliegenden „Büro", gab es einen großen Schreibtisch mit einem völlig verstaubten Computer, einem Drucker und einem Faxgerät. Den Zustand des Schreibtisches konnte man vor lauter Ordnern und Unterlagen nicht erkennen. Kaffeeflecke und leere Pizzakartons rundeten diesen chaotischen Anblick noch ab.

Nebenan gab es eine kleine Küche, diese hatte, wie es da aussah, mit Sicherheit etwa fünf bis sechs Jahre keinen Putzlappen und kein Wasser gesehen. Nur die Kaffeemaschine sah topp sauber aus.

Conny schlug ihre Hände vors Gesicht und sagte: „*Jimmy, ich bin erschüttert und von dir maßlos enttäuscht. Ich kam hier her mit einer gewissen Vorstellung, doch das, was ich hier zu sehen bekomme, sprengt all meine Vorstellungskraft, das ist das Letzte* vom Letzten. Daran hat nicht nur deine Ex Schuld, nein Jimmy du hast es so zugelassen!"

Sie ging an ein Fenster, zog die Jalousie nach oben und lies erst einmal frische Luft in dieses „Büro", drehte sich zu Jimmy, der sehr in sich kehrt wirkte und meinte: „Ich weiß, ich habe den größten Fehler in meinem Leben gemacht, als ich damals meiner Ex die Aufgabe für die Buchhaltung überlassen habe. Ich hatte ihr blind vertraut und ihr alles geglaubt, was sie mir erzählte. Ich war viele Jahre nur hier drin; um Rechnungen zu schreiben für meine Kundschaft, über das Internet neue Verträge abschließen, oder mich mit zu viel Alkohol von meinem Leben mit dieser Frau abzulenken. Ich hatte mir immer, wenn ich hier war, den festen Vorsatz gemacht, dass ich mir ein paar Tage Zeit nehme, um alles zu ordnen. Doch mir ist das alles über meinen Kopf gewachsen und es kam irgendwann der Punkt der Gleichgültigkeit. Ich sah keinen Ausweg mehr, weder von dieser Frau loszukommen noch mein Geschäft solide zu führen.

Bitte Conny, wenn du mir jetzt sagst, dass du diese Aufgabe nicht übernehmen möchtest, dann verstehe ich dich sehr gut!"

Conny atmete am Fenster tief durch und sagte zu Jimmy: „Es ist nicht schlimm, wenn ein Mensch fällt, schlimm ist es nur, wenn er nicht wieder aufsteht! Ich werde dir beim Aufstehen helfen! Lasse es uns versuchen einen Anfang zu finden, bitte besorge mir eine

große Kiste, in die wir als Erstes alles hier von diesem Schreibtisch,
leerräumen können, dann Jimmy brauche dringend saubere Putz-
lappen, einen Eimer, Putzmittel und Müllsäcke. Dann sorge bitte
dafür, dass deine sanitären Anlagen hier für mich ordentlich be-
gehbar werden!!!"

Jimmy machte, was sie von ihm verlangte, er fuhr kurz zu sich
nach Hause und brachte in nur fünfzehn Minuten alles, was Conny
forderte.

Sie nahm alle Unterlagen und Ordner, verstaute sie in einen großen Karton, dann reinigte sie den Computer und die anderen Ge-
räte. Der Schreibtisch fing an, innerhalb von kürzester Zeit sich in
einen schönen Arbeitsplatz zu verändern. Jimmy staunte nicht
schlecht. Er wurde von Connys Elan angesteckt. Von ganz allein
hatte er sich in Richtung Toilette begeben, beseitigte die übergroßen Spinnenweben und reinigte diese auf ein normales Niveau.

Nach etwa zwei Stunden, Reinigungsarbeiten, waren ein Büro, die
Toiletten und die Küche zum Ansehen und Benutzen tauglich.

Jetzt brauchten beide erst einmal einen Kaffee. In der Zeit, in der
er sich mit Kaffee kochen beschäftigte, ging Conny kurz nach
draußen, um auf der Wiese vor diesem Haus ein paar wild gewach-
sene Blumen zu pflücken. Sie nahm ein Glas und stellte den bun-
ten Strauß auf Jimmys Schreibtisch. Als er das sah, schmunzelte
er, es gefiel ihm, sich mit ihr bei sauberem Geschirr, an einen

sauberen Tisch zu setzten. Die beiden überlegten nun gemeinsam, wie sie am besten an die ganze Sache rangehen. Conny schlug vor, dass sie sich für das erste, für jedes Jahr eine Kiste bereitstellen und Papierstück für Papierstück einsortieren würde. Später, wenn alle Berge von Unterlagen grob sortiert sind, dann erst sich an die Einzelheiten zu machen. Jimmy fand das genial. Er holte aus seinem Lager sechs große Kartons und beide begannen mit ihrer Arbeit. Alles, was nicht mehr benötigt wurde, ließ Jimmy durch einen Papier-Schredder. Unzählige Säcke füllten sich mit Papiermüll. Jimmy blühte immer mehr auf. Beide hatten viel Spaß zusammen diese unglaubliche Aufgabe anzugehen. Für Conny war dies eine völlig neuer Erfahrung, sie arbeitete wie ein wildes Tier. Jimmy musste ihren Arbeitseifer ab und an einmal bremsen.

Dann ging er zu ihr an diesen klapprigen Drehstuhl, drehte sie in seine Richtung, beugte sich zu ihr herab und gab ihr einen leidenschaftlichen Kuss. Conny wehrte ihn meist ab mit: *„Jimmy wir haben sehr viel zu arbeiten, bitte lass das jetzt!"*

Doch er ließ nicht von ihr, er wollte Conny jetzt! Wieder ging er strahlend auf sie zu, lehnte sich zu ihr und massierte ihre Brüste. Conny wehrte erneut ab, nahm seine Hände nur ungern von ihrem Körper mit der Frage: *„Jimmy, wenn hier jemand hereinkommt?"*

Doch, er konnte sie damit beruhigen, dass er schon lange die Eingangstür verschlossen hatte.

Er zog sie zu sich, öffnete ihr Kleidchen, in diesem Moment spürte Conny sein unglaublich hartes „Bärchen", wie er es an ihren Unterkörper drückte.

Er schob ihr das Kleid nach oben, drehte sie mit dem Rücken zu sich. Conny lehnte sich nach vorn auf den Schreibtisch und schob lässig ein paar Papiere vom Tisch. Jimmy gab ihr seine Finger, in ihre Höhle der Sehnsucht, damit war es um Conny wieder geschehen, sie vergaß die viele Arbeit und genoss seine Fingerspiele lautstark. Ihr Tanga und der darauf befindliche Schmetterling waren völlig durchnässt.

Sie kreiste dabei mit ihrer Hüfte in heftigen Bewegungen, mit einer Hand streifte sie genüsslich Jimmys „Bärchen". Jetzt hielten es beide nicht mehr länger aus, Jimmy versenkte seinen Penis bis zum Anschlag in Conny.

Sie stützte sich mit ihren Ellenbogen auf diesen Tisch, streckte ihren Po immer höher. Mit lautstarken Stößen, die immer heftiger wurden, brachten sich beide zu einer wundervollen Erektion.

Jimmy nahm sie danach in den Arm und sagte: *„Du bist die wundervollste Frau, die ich in meinem Leben kennen durfte!"*

Sie schmunzelte Jimmy an und bedankte sich bei ihm mit einem kleinen Kuss.

Da jetzt beide alle beide großen Hunger hatten, bestellte Jimmy den Pizzaservice.

Bis Mitternacht arbeiteten sie beide noch an den Papieren. Zwei Büros waren nun schon abgearbeitet. Conny fuhr in ihr Hotel und die beiden verabredeten sich für den nächsten Morgen, um weiter zu arbeiten. Völlig geschafft fiel sie in ihr Bett. Sie musste an ihr schönes geordnetes Leben all die Jahre mit ihrem Mann Max denken. Sie hätte niemals im Traum geglaubt, dass man auf diese Art über viele Jahre ein kleines Geschäft führen kann.

Am nächsten Morgen war sie wie abgesprochen gegen 9:00 Uhr bei Jimmy, er sagte ihr gleich, dass sie heute nur bis 16:00 Uhr arbeiten können. Conny wunderte sich, sie wollten doch zusammen so viel wie möglich schaffen in der Zeit, wenn sie bei ihm ist. Doch Jimmy widersprach, er sagte: *„Bis dahin schaffen wir beide genug, der Abend heute gehört nur uns beiden. Ich hole dich gegen achtzehn Uhr im Hotel ab und werde dich dann entführen!"*

Conny war damit einverstanden und freute sich auf den Abend mit Jimmy.

Um die Mittagszeit hielt vor diesem Bürogebäude ein Auto, Jimmy sah am Fenster nach, wer es wohl sei. Entsetzt sagte er: *„Was will die denn jetzt hier!"*

Conny verstand nicht, wer es sein sollte, schon in diesem Moment betrat eine Frau, Anfang vierzig, fettige lange Haare in

Reitkleidung das Büro. Sie grüßte nicht, sie fragte Jimmy nur unfreundlich: *„Wer ist das?"*

Jimmy antwortete im Zorn: *„Das ist Conny, ich hatte dir erzählt, dass ich mir eine Aushilfe für die Büroarbeiten suchen musste, die du all die Jahre nie erledigt hast!"*

Diese Frau, was Conny jetzt ganz schnell realisierte, war seine Ex Partnerin.

Sie forderte von ihm, er sollte ihr sofort fünfhundert Euro geben, sie müsse ihre Stallmiete bezahlen, Einkaufen und Tanken.

Doch Jimmy sagte in einem sehr lauten Ton zu ihr: *„Du bekommst von mir keinen Cent mehr, wir sind seit vier Wochen getrennt und ich bezahle schon unsere beiden gemeinsamen Kredite zu hundert Prozent. Außerdem wohnst du zusammen mit deinem Sohn, bis ihr eure Wohnung fertig habt, völlig kostenlos in meinem Haus. Das ist mehr wie genug, ich bin nicht mehr gewillt, deine Kosten zu tragen!"* Er zeigte mit erhobener Hand in Richtung Tür und schmiss sie aus dem Büro.

Conny war dieser Auftritt sehr peinlich, sie hätte gern das Zimmer vorher verlassen, doch alles ging so schnell und sie wurde unfreiwillig Zeuge dieser Auseinandersetzung.

Jimmy entschuldigte sich bei ihr für seine Ex, Conny meinte nur:

„Lass gut sein Jimmy, ich muss nur erst lernen, diese Art von Konfrontation zu verstehen. Bei uns in der Familie wurden Dinge immer auf eine ruhige und sachliche Art besprochen."

Gegen fünfzehn Uhr dreißig einigten sich beide, die Arbeit zu beenden. Was jetzt in Kartons einsortiert war, wird Conny morgen mit zu sich nach Hause nehmen und sich dann in aller Ruhe Jahr für Jahr um die Sortierung kümmern.

Jimmy stand pünktlich wie abgesprochen vor ihrem Hotel. Sie erschien ganz aufgeregt bei ihm und wollte sofort wissen, wohin die Entführung geht. Doch er schmunzelte nur.

Sie fuhren etwa dreißig Kilometer, bis sie dann begriff, dass es in Richtung Regensburg geht. Sie freute sich und konnte erahnen, was Jimmy mit ihr vorhatte.

Er erfüllte ihr ihren großen Wunsch, mit ihr zusammen in den Regensburger Dom zu gehen, sie freute sich und gab ihn während der Fahrt einen dicken Kuss auf seine Wange.

Conny war von dem Stadtkern Regensburg schon völlig begeistert. Doch als sie vor dem Dom standen, bekam sie Gänsehaut. Sie hatte vor jeder Kathedrale und vor jeder Kirche den allerhöchsten Respekt. Conny erspähte in diesem Moment ein großes Poster, mit dem Hinweis, dass an diesem Abend ein Konzert der

Regensburger Domspatzen stattfindet. Sie jubelte Jimmy zu, doch er machte sie auf den Hinweis - Ausverkauft - aufmerksam. »

„Oh nein bemerkte sie, jetzt sind wir schon mal hier und können weder zu diesem Konzert noch können wir den Dom besichtigen!" Sie stampfte vor lauter Ärger mit den Füßen und ließ damit ihren Frust raus. Nun wollte sie wissen, was sie nun an diesen Abend noch machen könnten. Jimmy schmunzelte nur und sagte:

„Vielleicht zu einem Konzert gehen."

Steckte seine Hand in die Innentasche seiner Jacke, entnahm einen Briefumschlag und reichte ihn Conny zu. Sie staunte und sah hinein. In diesem Moment vergas sie ihre gute Erziehung, schmiss sich kreischend um Jimmy Hals, küsse ihn immer und immer wieder, schrie: *„Jimmy du bist mein Held, Jimmy ich liebe dich!"*

Die umherstehenden Leute, die auf den Einlass in dem Dom warteten, schauten die beiden amüsant an und mussten mit lächeln. Ja Jimmy hatte vorgesorgt, da er Connys großen Wunsch kannte. Er hatte Tickets für dieses Konzert der Regensburger Domspatzen besorgt.

Mit Respekt und voller Begeisterung gingen die beiden in dem Dom. Ihre Sitzplätze waren in den vordersten Reihen. Conny staunte über diesen mächtigen Bau, der die einzige Kathedrale in ganz Bayern ist. Der eine Erstehung dem Jahre 700 zu Grunde liegt, sie wusste bereits, dass dieser Dom schon zweimal abgebrannt war, danach wurde 1273 mit dem Neubau begonnen.

Sie fühlte sich sehr wohl in diesen Gemäuern, es herrschte so eine behagliche, ruhige Atmosphäre.

Conny betete für ihren Sohn, dass er ein Leben lang mit seinem Partner glücklich werde, dass sein großer Wunsch ein gesundes Kind zu haben in Erfüllung gehen würde. Sie betete für Jimmy, dass sein Leben wieder normal verlaufe und sie dachte dabei auch an sich. Sie hielt ihre Hände fest zum Gebet, dass auch sie irgendwann wieder ein glückliches Leben, IHR Leben führen kann.

Als das Konzert begann, hielt Jimmy ihre Hand ganz fest in seiner, als die ersten Töne des Orchesters erklangen, schossen beiden blitzartig Tränen in die Augen, diese Akustik ließ keinen mehr kalt. Die Knaben fingen an zu singen, ein Gefühl der Hingabe, des Aufsaugens dieser einzigartigen Stimmen beherrschten Conny und Jimmy. Er legte seinem Arm ganz langsam um sie, Conny schmiegte sich an ihn und beide genossen dieses Konzert ganz nah aneinander bis zum letzten Ton. Als sie den Dom mit schweren Herzen verlassen hatten, stand Conny außen vor der Kathedrale und schüttelte mit dem Kopf, noch niemals hatte sie so etwas erlebt. Sie hatte wieder Gänsehaut und bedankte sich bei Jimmy ganz leise mit den Worten: „*Jimmy danke. Du hast mir etwas gegeben, was mich sehr glücklich gemacht hat, etwas was nicht mit*

Geld zu bezahlen ist. Etwas was ich nie wieder in meinem Leben vergessen werde!"

Zu beeindruckend war dieser Abend für sie.

Jimmy wollte wissen, ob sie nun ins Hotel zurückwolle, um schön essen zu gehen, oder ob sie nach diesem beeindruckenden Abend, noch Lust hätte mit ihm auf die Regensburger Dult zu gehen. Es ist das größte Volksfest in der Region Regensburg, was im Mai und im Herbst stattfindet, mit allen Spezialitäten, was Bayern zu bieten hat.

Conny entschied sich spontan, für die verrücktere Art den Abend mit Jimmy zu verbringen.

Die beiden waren wie zwei kleine Kinder. Sie nahmen als Erstes das Riesenrad in Beschlag, ein traumhafter Ausblick über ganz Regensburg entschädigte Conny für ihre Höhenangst. Mit Jimmy konnte sie alles überwinden. Er hielt sie fest, sie fühlte sich in dieser Gondel ganz sicher bei ihm.

Dann fuhren sie durch die Gespensterbahn, viele Jahre hatte Conny nicht mehr so viel Spaß ein Volksfest zu genießen.

Noch beim anschließenden „Steckelfisch" essen, alberte Jimmy diese Gespenster nach. Sie aßen Zuckerwatte und Jimmy kaufte ihr ein großes Lebkuchenherz mit der Aufschrift: „Du bist meine Engel!"

Der Abend verging wie im Fluge, Conny und Jimmy sausten, nach Mitternacht völlig ausgelassen zurück in Connys Hotel. Sie bestand darauf, dass Jimmy diese Nacht bei ihr verbringt. Sie wollte nicht ohne ihn einschlafen und am nächsten Tag nicht ohne ihn aufwachen. Zu schön war dieser Abend, beide vergaßen all ihre Sorgen und Probleme.

Auf dem Heimweg fiel Conny ein, dass sie ihr Handy seit dem Dombesuch noch ausgeschaltet hatte. Sie nahm es und sah, dass ihr Sohn Peter sie schon fünf Mal angerufen hatte und ihr dann eine Kurzmitteilung mit dem Inhalt: *„Hallo Mama, ich weiß nicht, wieso ich dich heute Abend nicht erreichen kann, ich möchte dir nur Mittteilen, dass alle nötigen Gutachten für die künstliche Befruchtung zwischen Mandy und mir eingegangen sind und zu unserer vollsten Zufriedenheit ausgefallen sind. Ich melde mich wieder, Dein Peter!",* gesendet hatte.

Sie freute sich darüber unglaublich. Sofort sprach sie zu Jimmy: *„Glaube bitte nicht, dass wir jetzt gleich schlafen gehen können, mein Lieber, wir haben etwas zu feiern. Peter hat alle nötigen Gutachten, wenn jetzt noch alle medizinischen Untersuchungen positiv ausfallen, dann werde ich in ein paar Monaten eine Oma sein!"* Jimmy freute sich unbekannterweise, mit für alle. Er steht dazu, dass es heute diese Möglichkeiten gibt.

Als sie im Hotel angekommen waren, einigten sie sich nach dem sehr anstrengenden, aber auch wunderschönen Tag, den Abend bei einem guten Tropfen in ihrem Zimmer zu beenden.

Conny bestellte noch eine Flasche Champagner und dann machten sie sich es gemeinsam so richtig gemütlich. Sprachen über diesen wundervollen Tag, wie beeindruckend dieses Konzert war und wie lustig der anschließende Besuch auf dem Volksfest für beide war. Conny erzählte, dass sie zum Gebet im Dom für ihren Sohn Peter gebetet hatte und dass es für sie wie ein Wunder ist, dass genau heute die Nachricht von ihm kam, dass sie wieder einen großen Schritt in die richtige Richtung geschafft haben.

Conny sagte zärtlich zu ihm: „*Seit ich dich kenne, weiß ich wieder, wie schön das Leben sein kann. Du hast mir gezeigt, was Leben ist. Bisher kannte ich nur Anstand und Gehorsam.*"

Er nahm sie zu sich und die beiden liebten sich in dieser Nacht ganz behutsam. Sie spreizte ihre Beine und Jimmy drang ohne jedes Vorspiel in sie mit einer unglaublichen Zärtlichkeit ein. Arm in Arm schliefen sie ruhig und zufrieden ein und erwachten genauso am nächsten Morgen wieder.

Zusammen fuhren sie nach dem Frühstück in Jimmys Büro und luden die vielen Kartons mit Jimmys Unterlagen in Connys Auto. Sie verabschiedeten sich wehmütig bis auf unbestimmte Zeit.

Jimmy schickte sie mit den Worten: *„Komm gut zu Hause an, mein Engel"* auf ihre lange Fahrt nach Hause.

Conny wird sich in den nächsten Wochen sehr intensiv mit Jimmys Geschäftspapieren beschäftigen, um einen Überblick zu erstellen, wie er am schnellsten seine geschäftlichen und privaten Angelegenheiten regeln kann und muss.

Sie war gerade erst einmal fünfzehn Minuten von Jimmy weg, als eine SMS von ihm kam. *„Danke mein Engel, mit dir zusammen kann ich alles schaffen. Das waren seit Langen, meine schönsten drei Tage, die ich je hatte!!*

Auf der Heimreise legte sie Jimmys' Lebkuchenherz auf ihren Beifahrersitz, sie ließ all ihr Erlebtes noch einmal Revue passieren und hielt dabei immer ihre rechte Hand auf dieses Herz. Alles, was sie die letzten drei Tage zu sehen und zu erleben bekam.

Jimmys unglaubliches chaotisches Büro, der unfassbar miese Auftritt seiner Ex, das Konzert im Dom, der ausgelassene Besuch der Regensburger Dult. Conny ist an diesen Tagen in eine Welt eingetaucht, die sie zuvor nie kannte.

Zu Hause angekommen rief sie als Erstes ihren Sohn Peter zurück. Er hatte sich schon fast Sorgen um seine Mutter gemacht, zwar wusste er, dass sie zum ersten Mal zu Jimmy, nach Bayern gereist war, aber wunderte sich, dass sie nicht telefonisch zu erreichen war. Conny erzählte ihm wie wunderschön und beeindruckend das Konzert bei den Regensburger Spatzen war, welchen Spaß sie mit Jimmy danach auf diesem Volksfest hatte. Peter freute sich für seine Mutter, er spürte, mit welchem Elan sie von ihrer Reise berichtete, wie sie sich verändert hatte, seit sie bei Jimmy war. Er erkannte sie fast nicht wieder, so ausgelassen und euphorisch hat er sie nur sehr selten erleben können. Er hörte einfach nur zu und Conny tat es sehr gut alles zu erzählen, nur die Angelegenheit mit Jimmys Unterlagen verschwieg sie vorerst ihren Sohn. Sie wollte nicht, dass er von ihm ein schlechtes Bild bekommen würde. Dann erzählte er noch einmal, dass dem Wunschkind mit Mandy nach erfolgreichen medizinischen Untersuchungen vielleicht nichts mehr im Wege steht.

Beide waren so glücklich in diesem Moment, jeder von ihnen hätte die ganze Welt umarmen können.

Conny spürte die nächsten Tage in ihrem eigenen Haus nur noch Kälte und Einsamkeit. Ihr Mann Max kam nur noch, um seine persönlichen Dinge zu holen, er lebte jetzt mit seinem Partner zusammen in dessen Haus. Für Conny war es so in Ordnung. Sie erledigte am Morgen ihre Haus- und Gartenarbeit, ab dem Mittag verbrachte sie bis in die Nacht hinein die Zeit mit Jimmys Rechnungen, Quittungen, Kontoauszügen, Mahnungen und Versicherungsunterlagen. Sie ließ sich von einer guten Freundin in ein

Buchungsprogramm für Selbständige Unternehmer einarbeiten und erstellte somit für Jimmy seine Umsatz- und Lohnsteuer der letzten fünf Jahre. Es machte ihr sehr viel Spaß zu zeigen, dass auch sie in ihrem Alter noch lernfähig ist, dass auch sie noch, obwohl sie mehr als dreißig Jahre nur Hausfrau und Mutter war, etwas bewegen und zu Ende bringen kann.

Sie war richtig stolz auf sich selbst, wenn sie Jimmy wieder von einem Erfolg berichten konnte. Wenn sie es wieder geschafft hatte ein Jahr zu komplettieren und fehlende Rechnungen, die für ihn so wichtig sind, besorgt zu haben, um gute Ergebnisse bei seinen Steuern zu erzielen.

Sie gab alles über ihr Wissen und ihre Kräfte hinaus, um Jimmy eine solide Grundlage für sein Geschäft zu schaffen.

Ihr Kontakt zu ihm wurde in diesem Zusammenhang immer reger, sehr viele Fragen hatte sie an ihn, um alles sachgerecht zu buchen. Conny bemerkte in dieser Zeit immer häufiger, dass Jimmy sich ihr gegenüber veränderte. Er war oft neben seiner, vielen Arbeit, die er machte, um so viel Geld wie möglich zu verdienen mit den Fragen, die seine Unterlagen betrafen, überfordert. Es gab Momente, wo ihm das alles zu viel wurde und die beiden sich dann stritten. Conny musste lernen, dass Jimmy sich in einer völlig anderen Welt bewegte, als sie es kannte. Sie übernahm daraufhin das Einholen wichtiger Rechnungen bei Lieferanten, die ihm fehlten. Seine Ex

Partnerin machte ihm dazu sein Leben immer mehr zur Hölle. Sie forderte immer öfters, immer mehr Geld von ihm.

Irgendwann reichte dies Conny, sie bot Jimmy an, dass sie sich einmal mit ihrem Mann über rechtliche Dinge bei einer Auflösung, wie in seinem Fall, einer Lebensgemeinschaft mit gemeinsamen Schulden unterhält.

Jimmy war damit einverstanden. Er hatte keine Kraft mehr diese Frau in seinem Haus zu ertragen, wenn er am Wochenende nach Hause kam.

Ihr Mann Max nahm sich viel Zeit für Connys Anliegen, sie erzählte ihm, alles, was ihr Verhältnis zu Jimmy betraf, alles, was sie mit ihm erleben durfte, wie er für sie da war, als sie sich trennten, und welche Sorgen Jimmy hatte. Auch sagte sie ihrem Mann, dass sie mehr für Jimmy empfinde als nur sexuelles Interesse. Er respektierte das so, wie es war, musste aber Conny hingegen erklären, dass Jimmy kein Recht hat, zum Beispiel von ihr die Kosten für allgemeine Ausgaben wie Wasser, Strom und Miete zu verlangen.

Jimmy hätte auch kein Recht, einfach ein neues Schloss in sein Haus einzubauen, er müsse darauf warten und Geduld zeigen bis seine Partnerin von allein ausziehe.

Auch war ihm sehr wichtig trotz ihrer Liebe zu Jimmy, auf sich und ihr Vermögen gut aufzupassen, er möchte nicht, dass Conny ihr

Geld in diesen Mann und dessen Geschäft steckt. Conny war mit dieser Ansage etwas durcheinander.

Aber sie wusste auch, dass ihr Mann damit Recht hatte. Sie war ein Mensch, der für jeden den sie liebte, alles gab.

Conny wurde klar, dass auch ihr geliebter Jimmy ein Mann sein kann, der alles gibt, um an das Geld von einer Frau zu kommen.

Zweifel überkamen sie, ihr spielten sich Dinge aus der Anfangszeit mit Jimmy in ihren Kopf ab.

Sie hatte damals die Vermutung, er habe viele Frauen, die er verwöhnt. Conny vertraute der Meinung ihres Mannes, sie kannte ihn zu lange, um zu wissen, dass er nicht nur aus beruflichen Gründen, sehr korrekt und vorsichtig war.

Keinem war eine glückliche Zukunft für Conny wichtiger als ihrem Mann. Er wünschte sich so sehr für sie, dass sie den Mann findet, der ihr alles geben kann, was er selbst, nie geschafft hatte.

Conny ging dieses Gespräch tagelang nicht mehr aus ihrem Kopf. Immer wieder dachte sie an die wundervollen Erlebnisse mit Jimmy zurück, aber auch an die Vorkommnisse, die sie dazu brachten, dass er mit sehr vielen Frauen sexuelle Kontakte hatte, auch wenn diese nur virtuell waren.

Sie beschloss für sich, vorerst den Kontakt zu Jimmy nur aus geschäftlichen Gründen für seine Unterlagen zu halten. Sie wollte wissen, wie wichtig ihm Conny aus Frau und Mensch ist.

Kapitel 3

Der Neubeginn

Es ist gerade Ende Oktober, Peter rief seine Mutter an, um ihr mitzuteilen, dass die gesamten Ergebnisse der medizinischen Tests eingegangen sind, somit steht nun einer künstlichen Befruchtung zwischen Mandy und ihm nichts mehr im Wege. Die Freude war groß, Conny fragte unter Tränen, wenn es denn so weit sei. Peter musste sie mit diesem Termin noch etwas vertrösten mit der Begründung, dass es in der kommenden Woche erst das Endgespräch bei Herrn Professor Dr. Müller gibt. Erst danach wird ein passender Tag dafür ausgesucht.

Drei Wochen danach bekam Mandy eine Hormonbehandlung im Kinderwunschzentrum, um ihre Eierstöcke zu stimulieren. Im Anschluss wurden dann Mandys Eizellen entnommen, um sie zusammen mit Peters Spermien in einem Reagenzglas zu befruchten. Die so entstandenen Embryonen wurden Mandy im Beisein von Peter Anfang November in ihre Gebärmutter eingesetzt. Nun hieß es für alle warten, ob es zu einer Schwangerschaft kommen war.

Das Verhältnis zwischen Jimmy und Conny wurde in dieser Zeit völlig anders.

Seine Ex hatte seit ein paar Wochen sein Haus verlassen, zwar räumte sie, wenn er nicht zu Hause war, mehr aus seinem Haus aus wie Jimmy lieb und mit ihr abgesprochen war, doch er wollte keinen Streit mehr.

Ignorierte es, dass er für einige Zeit ein fast leeres Haus hatte. Er wurde in dieser Zeit wieder sehr depressiv und lebte völlig zurückhaltend. Auch Conny kam immer schwerer an ihn heran. Wenn es Kontakt gab, ging es jedes Mal nur um Jimmys Probleme in seinem Privaten oder Geschäftsleben.

Jedes Gespräch endete meist im Streit. Sie erkannte ihn nicht wieder, wo war ihr liebevoller Jimmy? Hatte er eventuell schon eine neue Partnerin in Bayern und wollte Conny sich nur für die Zeit in ihrer Nähe warmhalten, um mit ihr, ein paar schöne Stunden, zu erleben? Fragen über Fragen quälten sie meist in der Nacht, wenn sie nicht schlafen konnte.

Jeder von beiden durchlebte im Moment in einer sehr schweren Zeit. Als Conny für das alles, keine Nerven mehr hatte, schrieb sie ihn in ihrer Verzweiflung einen letzten Brief! Schon als sie ihn aufsetzte, weinte sie tausende von Tränen.

Aber sie hatte keine andere Wahl. Sie zerbrach innerlich an dieser Situation.

„Hallo Jimmy,

ich habe keine Kraft mehr, für unsere Affäre, kein Interesse mehr mich mit dir zu treffen, mir steht es zum Halse raus, mich dir zu unterwerfen und jedes Mal danach Tage oder Wochen von dir wie Luft behandelt zu werden. Wenn du dich dann irgendwann einmal meldest, geht es immer nur darum, dass ich Verständnis für deine Lage aufbringen muss, es geht immer nur um deine Sorgen und um deinen Stress. Immer muss ich mich nach deinen Termi-nen, seelischem Zustand, oder wer gerade in deiner Nähe ist rich-ten, egal ob ich dich sehen will oder mich einfach nur mal mit dir unterhalten oder schreiben möchte. Wer fragt mich, wie es in mir aussieht, was ich fühle und denke und was ich zu gern möchte. Mir geht es, wenn ich so ewig lange von dir nichts höre, elend, mich zieht das zu sehr runter. Ich kann das so nicht mehr. Unsere Vor-stellungen von einer Affäre sind zu unterschiedlich geworden. Von dir kommt aus was weiß ich für Gründen mir gegenüber schon sehr lange immer weniger, oder besser fast nichts mehr, meine Meinung ist, ich ziehe es mir vor, mich aus deinem Leben zu verabschieden, dir für dein zukünftiges Leben nicht mehr im Weg zu stehen. Was irgendeinmal aus mir wird, wird die Zukunft zeigen, bis dahin habe ich keine andere Wahl als hier alles so hinzuneh-men, wie es ist.

Mein größter Herzenswunsch für dich ist es, dass du ein glückliches und erfülltes Leben an der Seite einer Frau deiner Träume lebst! Wenn du dieses hier beherzigst, dann kannst du es schaffen!

Spiele nicht mit dem Vertrauen anderer,
sie könnten aufhören zu vertrauen,
spiele nicht mit den Gefühlen anderer,
sie könnten aufhören, zu fühlen,
spiele nicht mit dem Herzen anderer,
es könnte aufhören zu schlagen!

Danke für die Zeit mit dir Jimmy, sie war oft superschön, du hast mir gezeigt, was Leben ist, ich werde diese Zeit niemals vergessen, egal was passiert!"

Conny

Dieser Brief hatte Jimmy wachgerüttelt, ihm war Conny sehr ans Herz gewachsen. Er wollte sie nicht verlieren. Ja sicher hatte sie Recht, er hat sich seit der Trennung von seiner Ex völlig verändert. Jetzt erst wurde ihm das Ausmaß der Unregelmäßigkeiten in den letzten Jahren so richtig bewusst. Genau das lies in Verzweifeln, er schämte sich vor Conny, die immer ein korrektes Leben kannte.

Das alles machte Jimmy sehr depressiv.

Er merkte jetzt nach diesen Zeilen, dass er sofort, etwas ändern musste, um Conny halten zu können. Doch wie? Er konnte ihr nichts bieten, die Schulden der Firma wurden immer größer, sein Haus musste neu eingerichtet werden, er stand wieder vor dem Nichts. Wusste aber auch, dass Conny einen guten Lebensstandard gewohnt war.

Zu gern hätte er ihr diesen ebenso bieten wollen. Doch das war ein Ziel was Jimmy auf Grund seiner beendeten Partnerschaft und die jahrelange Vernachlässigung, seines Geschäftes nie erreichen würde. Jetzt bekam er die Quittung für sein vergangenes Leben! Er hatte jetzt genau zwei Möglichkeiten, sich bei Conny zu entschuldigen und in Zukunft sich ihr gegenüber zu ändern, oder Connys Entschluss so hinzunehmen. Er überlegte lange, was der richtige Weg wäre, im wurde immer mehr klar, dass Conny die Frau ist, mit der alles schaffen könnte, ja im wurde klar, dass er um sie kämpfen wird, weil er sie sehr, sehr liebte.

Zwei Tage nachdem Jimmy diesen Brief erhalten hatte, setzte er sich in sein Auto und fuhr geradewegs zu Conny. Er wusste nicht, wie sie reagiere, doch er wollte ihr nicht über eine Mail darauf antworten.

Er stand vor ihrem Haus und läutete völlig aufgeregt. Es öffnete niemand diese Tür, war Conny nicht zu Haus oder wollte sie nicht mit Jimmy sprechen. Er wartete in seinem Auto etwa eine halbe Stunde, plötzlich sah er ihr Auto um die Kurve kommen. Sie hielt an und sah Jimmy völlig fassungslos an. Mit einem fragenden Blick stieg sie aus, ohne ein Wort zu sagen, ihr Herz pochte so heftig, dass sie glaubte, es springt heraus. Jimmy ging auf sie zu und sagte: *„Hallo!"*

Sie: *„Was machst du hier Jimmy?"*

Er: *„Ich habe auf dich gewartet, können wir reden?"*

Conny: *„Ja, komm wir gehen ins Haus ich mache uns einen Kaffee!"*

Er zögerte etwas, doch sie nahm ihm am Arm und zog in zur Tür hinein. Sie ging mit ihm in die Küche, stellte ihre Einkaufssachen auf den Tresen und machte für beide Kaffee.

Nun wollte Conny wissen, was sein plötzlicher Besuch zu bedeuten hatte, ob er seine Unterlagen abholen möchte, diese alle zwar sortiert waren aber noch nicht alle gebucht.

Jimmy kreiste minutenlang mit seinem Zeigefinger nervös am Tassenrand. Bis er anfing, ein Wort zu sagen: *„Conny ich möchte mich bei dir herzlichst entschuldigen, ich weiß mein Verhalten dir gegenüber war nicht in Ordnung, doch mir war alles zu viel geworden. Die Sache mit meiner Firma, immer mehr Details kommen an das Tageslicht, der Auszug meiner Ex. Wenn ich am Wochenende* *nach Hause kam, die Einsamkeit in den leeren Zimmern machte mich völlig haltlos. Ich trank wieder zu viel Alkohol, dann schämte ich mich vor dir für mein missratenes Leben. Der Teufelskreis der Depressionen hatte mich völlig im Griff!*

Ich weiß ehrlich gesagt, nicht wie mein Leben weiter verlaufen soll!"

Er nahm Connys Hände und meinte: *„Ich weiß nur, dass ich dich sehr liebe und nicht verlieren möchte! Dir aber nie ein Leben bieten kann, wie du es gewohnt bist. Deshalb zog ich mich von dir zurück!"*

So hatte sie Jimmy noch nie erlebt. Conny nahm ihre Hände zurück und schwieg für eine Weile. Bis sie ihre Meinung zu diesem Thema sagte: *„Jimmy wir beide durchleben gerade eine Zeit, in der die Sonne nur selten scheint, unser beider Leben verläuft völlig anders. Aber das ist meiner Meinung nach kein Grund sich von dem anderen zurückzuziehen, ganz im Gegenteil. Wir sollten uns miteinander helfen. Zu viele schöne Dinge haben wir zusammen erlebt. Auch wenn es dir finanziell im Moment nicht so gut geht, ist es für mich kein Grund, dich fallen zu lassen. Ich komme aus sehr einfachen Verhältnissen, auch wenn ich in meiner Ehe, es genossen habe, mir jeden Wunsch zu erfüllen, heißt das nicht, dass ich ein Leben mit wenig Geld vergessen habe. Ich weiß, wie es sich anfühlt, wenn man jeden Cent drehen muss, um zu existieren.*

Meine Eltern haben es mich gelehrt, aus der Not heraus mit Geld gut wirtschaften zu können. Du schätzt mich völlig falsch ein. Mir ist es im Leben nur wichtig, genug Geld zu haben, um zu existieren. Für mich zählen, seit ich mit dir die wunderschöne Zeit erleben durfte, ganz andere Dinge im Leben!"

Jimmy war sichtlich erleichtert, er wusste, wieso er diese Frau liebt. Stand auf, ging zu ihr und gab ihr einen Kuss auf die Wange. Conny genoss es. Sie meinte zu ihm: *„Jimmy alles wird gut, wir werden einen guten Weg finden!"*

In diesem Moment hörte Conny jemanden zur Tür hereinkommen. Es war ihr Mann Max, er begrüßte seine Frau. Conny stellte die beiden vor. Sie sagte zu Max: *„Das ist Jimmy, er war in der Nähe und wir haben einiges wegen seiner Geschäftsunterlagen zu klären!"*

Für Jimmy war es eine etwas unangenehme Situation, doch Max reichte ihm seine Hand zur Begrüßung. Er war sehr locker, immerhin wusste er von seinem Verhältnis zu seiner Frau.

Er entschuldigte sich für sein plötzliches Eintreten, er wolle nur ein paar Dinge aus seinem Büro holen. Für Conny war es eine völlig normale Sache.

Nachdem Max sich wieder verabschiedet hatte, ging sie mit Jimmy in ihr Büro, sie zeigte ihm alle fünf Ordner, in denen seine

Geschäftsvorfälle fein säuberlich sortiert waren. Er war mächtig stolz auf Conny. Dann fuhr sie ihren Computer nach oben und öffnete ein Rechnungsprogramm, in dem sie sich für Jimmy eingearbeitet und schon fast zwei Geschäftsjahre gebucht hatte. Er war happy als, er all diese Zahlen vor sich sah. Sofort wollte er seine Umsatzsteuer im Überblick sehen. Die beiden freuten sich gemeinsam über das Endergebnis. Es sah sehr gut für ihn aus. Conny bot ihn an, die ersten zwei Jahre schon fertig mitnehmen zu können, um sie beim Finanzamt, einreichen zu können. Somit wäre eine solide Grundlage für seine weitere Geschäftsführung geschaffen.

Jimmy war außer sich, er packte Conny, nahm sie sich hoch und küsste sie, sie schlug ihre Beine um seine Hüfte und sagte: *„Jimmy du schaffst das, ich glaube immer noch an dich!"*

Er: *„Ja, mit dir zusammen kann ich es schaffen! „*

Sie: *„Ja Jimmy, aber nun lasse mich bitte erst einmal wieder runter, ich möchte für dich alles, was du benötigst ausdrucken und danach werde ich uns etwas zu Essen machen, ich habe sehr großen Hunger!"*

Jimmy war damit einverstanden, aber nur, wenn er noch einen süßen Kuss von ihr bekam. Gesagt getan, beide küssten sich leidenschaftlich, bis sich Conny dann losmachte und sich schmunzelnd an ihre Arbeit machte. Er saß neben ihr und sortierte alles, was aus dem Drucker kam ein.

Stolz nahm er die ersten beiden Ordner für Geschäftsvorfälle und drei mit seinen privaten Unterlagen auf seine Arme und sprach: *„Du bist bei mir eingestellt als Sekretärin!"*
Sie: *„Du bist ein Spinner, aber ein ganz süßer!"*

Beide gingen in Connys Küche, um etwas zu kochen, sie schlug vor, Jimmys Leibgericht zu machen. Spagetti mit Garnelen und Pesto, darüber einen Parmesankäse. Plötzlich entpuppte sich Jimmy als leidenschaftlicher Koch. Er verstand davon so viel, es machte ihm Spaß zusammen, mit Conny die Garnelen nach seiner Art zu würzen. Sie staunte nicht schlecht, als er anfing, sie in einer selbst von ihm zubereiteten Kräuterbutter, mit viel Knoblauch zu schwenken. In der Zeit als Jimmy den Herd für sich in Beschlag nahm, deckte Conny im Esszimmer den Tisch, sie verteilte zwanzig Teelichter ganz einfach, wie sie waren auf den gesamten Tisch, holte aus ihrem Garten ein paar Rosenblätter, streute sie ebenfalls über den gesamten Tisch. Heute nahm sie keine guten Servietten, nein sie nahm ganz einfach zwei Abschnitte einer Küchenrolle, stellte zwei Rotweingläser dazu und eine Flasche Wein. Zog sich in, aller Eile etwas Nettes an. Sie wollte Jimmy damit zeigen, dass man auch ohne viel Luxus sich einen wundervollen Abend bereiten kann. Ihr Plan war gelungen, als Jimmy mit den beiden Tellern ins Esszimmer kam, staunte er nicht schlecht. Fast ließ er diese vor

Schreck fallen, als er Conny sah! Er brachte vor Staunen gerade noch über seine Lippen: *„Buon Appetito, Madame!"*

Sie schmunzelte Jimmy an.

Sie: *„Buon Appetito Monsieuer!"*

Beide sprachen über Gott und die Welt, nicht über ihre Sorgen und Probleme, die sollten an diesem Abend ruhen.

Jimmy meinte, er müsse nach dem Essen dann fahren, es ist noch ein weiter Weg bis nach Bayern, Conny ließ das nicht zu, sie überredete Jimmy, bei sich zu übernachten. Für ihn war es etwas ungewöhnlich, bei seiner gerade frisch getrennten Affäre in ihrem Haus über Nacht zu bleiben. Doch Conny sah es etwas anders und bestand darauf, dass er bei ihr bleibt.

Sie bot ihn an, mit ihr nicht im ehelichen Schlafzimmer zu übernachten, sondern im Gästezimmer, damit konnte Jimmy leben.

Sie verbrachten einen völlig entspannten Abend zusammen. Sie sprachen über die künstliche Befruchtung, die ihr Sohn mit Mandy nun hinter sich habe und wie gespannt jeder darauf hoffte, dass es zu einer Schwangerschaft kommen würde.

Conny zeigte ihm das Gäste-Bad und die beiden machten sich nach diesem ereignisreichen Tag frisch, eh sie zusammen im Gästezimmer sich sehr sanft liebten. Jimmy war an diesem Abend noch zärtlicher als sonst, noch viel einfühlsamer, er verwöhnte sie mit hauchzarten Küssen von ihren Brüsten, über ihren Bauchnabel bis hin zu ihren Oberschenkeln und zu ihrer unglaublich feuchten Venus. Conny nahm ihren Po weit hoch in die Höhe, somit hatte Jimmys „Bärchen" ein leichtes Spiel von ganz allein den Weg zu Connys Inneren zu finden.

Sie schloss ihre Beine und genoss in dieser Enge, Jimmy in sich bis zum Anschlag zu spüren, stöhnte lautstark und zufrieden ihre Geilheit aus sich heraus. Jimmy kam heute etwas zu früh, er konnte und wollte sich heute nicht zurückhalten. Er spritzte in Conny mit einer unglaublichen Wucht ab. Doch sie hatte noch nicht genug. Sie hörte nicht auf, wechselte nach Jimmys Erektion die Stellung und verlangte, dass er sich auf seinen Rücken legt, er gehorchte. Sie begann ihr „Bärchen" sauber und trocken zu lecken, verwöhnte es nach allen Regeln der weiblichen Kunst. Jimmy wurde jetzt völlig verrückt, so etwas kannte er schon sehr lange nicht mehr. Als Conny bemerkte, dass Jimmy wieder mit im Boot ist, setzte sie sich auf ihren Unterleib, nahm sich ihr „Bärchen", lehnte sich mit einer Hand auf Jimmys Oberschenkel zurück, mit der anderen Hand massierte sie sich ihre sehnsuchtsvolle Höhle mit heftigen Bewegungen. Jetzt erlebte sie einer ihrer wunder-vollsten Orgasmen. Im gleichen Augenblick war auch Jimmy noch einmal so weit. Er warf seinen Kopf hin und her, er stieß seinen Po so heftig auf und ab, dass beide schreiend im siebenten Himmel der sexuellen Lust gelandet waren.

Conny viel vor Erschöpfung von Jimmy ab, legte sich mit schnellem Atem auf seinen Bauch, er umarmte sie und beide schliefen nach ein paar Minuten tief und fest ein.

Am Morgen machte Conny nur ein kleines Frühstück und einen Kaffee, sie lud Jimmy ins Stuttgarter Brauhaus zum Brunch ein. Er war sehr überrascht, oft hatte er schon davon gehört, wie schön es da sein muss, doch durch seine viele Arbeit, es nie geschafft hatte einmal dahinzufahren. Es war für beide ein sehr schönes und außergewöhnliches Erlebnis hautnah zu erleben, wie Bier gebraut wird und dabei lecker vom Büfett zu essen. Jimmy war begeistert. Er nahm immer wieder seine Conny ganz fest an sich und genoss die wunderschöne Zeit mit ihr.

Am Nachmittag fuhr Jimmy wieder in sein Hotel, wo er sich dann, mit seinen anderen Mitarbeitern traf, um die kommende Woche eine Baustelle abzuarbeiten.

Dieses Wochenende werden beide nie wieder vergessen.

Es ist Anfang Dezember 2012, die ersten Schneeflocken sind gefallen. Conny steht am Fenster und wird sehr melancholisch, es ist das erste Weihnachten, was sie allein verbringen wird. Das Erste ohne ihren Mann Max, ganz allein in ihrem großen Haus. Wehmut macht sich in breit, ihre Zukunft mit Jimmy steht noch in den Sternen. Er hat zu viele Probleme, die ihm sein Leben schwermachen. Wie werden die Feiertage und der Jahreswechsel für sie werden. Alle haben ihre Partner. An diesem Tag überkamen sie Zweifel, über ihr vergangenes Leben und über das Verhältnis zu Jimmy, wird sie es schaffen, für ihn genug Verständnis aufzubringen, wenn er wieder mal sehr depressiv ist oder, wenn er wieder einmal zu viel trinkt? Aber sie kennt ihn auch ganz anders, wenn er mit ihr zusammen ist, dann ist Jimmy ein wundervoller Mensch.

Am nächsten Tag kam von ihrem Sohn ein Brief an. Sie öffnete ihn und sah eine Einladung. Peter und John luden sie und ihren Ex Mann für den ersten Weihnachtsfeiertag ins Restaurant Hiro in Stuttgart zum Mittagessen ein. Conny freute sich, somit war ein Weihnachtstag gerettet.

Gleich rief sie Max an und berichtete von dieser Einladung. Er staunte etwas darüber, aber freute sich sehr. Natürlich wird er dabei sein. Nick wird dafür Verständnis haben.

Nun teilte sie Peter mit, dass seine Eltern, selbstverständlich kommen werden, und fragte gleich einmal nach dem Befinden von Mandy, ob sie schon weiß, ob es mit der Schwangerschaft funktioniert hat. Er meinte sehr lustig: *„Lassen wir uns einmal überraschen!"*

Sie: *„Peter kommen Vicky und Mandy auch mit zum Essen?"*

Er: „*Ja Mama, die beiden kommen auch mit zum Weihnachtsessen und die Eltern von John, Vicky und Mandy ebenfalls. Das wird ein richtig großes Familienfest!*"

Sie: „*Oh Peter, das ist ganz großartig, ich freue mich, alle wieder zu treffen!*"

Sie verabschiedeten sich in der Vorfreude auf diesen Tag.

Am Wochenende fuhr Conny zu Jimmy, es mussten die restlichen Unterlagen, die Conny jetzt zu Ende gebracht hatte, wieder in Jimmys Hände übergeben werden. Dieses Mal übernachtete sie direkt bei ihm im Haus. Jimmy hatte vor an diesem Abend etwas Leckeres für Conny zu kochen. Er erwartete sie vor seinem Haus schon ganz ungeduldig. Bat sie mit den Worten: „*Herzlich willkommen mein Engel, in meinem bescheidenen Haus, ich wünsche mir, dass du dich auch, wenn mir noch sehr viel Inventar fehlt, etwas bei mir wohl fühlst!*"

Conny merkte ihm an, dass er immer noch damit zu kämpfen hatte, dass seine Ex Partnerin so viele Dinge zu ihrem Auszug einfach mitgenommen hatte. Doch sie beruhigte ihn, er müsste sich wegen ihr bitte keine Sorgen machen, sie weiß was er durchgemacht habe.

Conny fragte ihn, was er heute Gutes kocht, da es bei ihm so lecker riecht. Jimmy gab ihr einen Kuss und meinte nur: "*Das wird jetzt noch nicht verraten!*"

Conny liebte Überraschungen. Er zeigte ihr sein Haus und alles, was noch von der Einrichtung übriggeblieben war.

Im Wohnzimmer war der Tisch bereits wunderschön mit einem sehr modernen weißen Geschirr von Jimmy gedeckt. Er hatte an alles gedacht, selbst Kerzen und ein Strauß Rosen fehlten nicht. Conny war von seinem Esstisch, der im Biedermeier Stiel gehalten war, völlig begeistert. Sie liebte diese Art von Möbel. Selbst besaß sie nie welche, da ihr Mann Max eher für eine sehr moderne Einrichtung war.

Er zog einen Stuhl zurück und sagte: *„Bitteschön Madame, nehmen sie Platz!"*

Conny musste etwas schmunzeln, genoss aber seine Höflichkeit und bedankte sich mit einem Kuss bei ihm.

Er entschuldigte sich, dass er einmal schnell nach dem Essen sehen musste. Conny wollte ihm behilflich sein, doch Jimmy sagte: *„Nein du bist mein Gast."*

Nach etwa fünfzehn unendlichen Minuten kam er mit einer Schüssel und einer Fleischplatte zu Conny, sie war neugierig, was er gekocht hatte. Jimmy sagte lächelnd: *„Und nun präsentiere ich mein Leibgericht. Entenbrust mit Feigen in Sherrysoße, dazu Salbeinudel!"*

Conny war begeistert nur allein von diesem Anblick und dem ihr entgegenkommender Duft des Fleisches. Jimmy hatte dazu die Entenbrust mit frischem Gemüse und Rosmarinzweigen dekoriert. Schon nach den ersten Bissen sprach sie Jimmy ihren Respekt und ihre Bewunderung für seine Kochkünste aus. Während des Essens erzählte sie ihm von der Einladung ihres Sohnes zu Weihnachten. Das war ein guter Übergang für sie Jimmy zu fragen, was er an diesen Tagen geplant hatte.

Jimmy wurde jetzt sehr still, nur sehr zögernd brachte er ein, dass er den Heiligabend mit seiner Mutter verbringe und an den anderen Tagen allein zu Hause ist.

Conny merkte, wie ihm dies zu schaffen machte. Sofort bot sie ihn an, zu den Weihnachtstagen zu ihr zu kommen. Jimmy lehnte dies erst ab, mit der Begründung es sei ein Fest der Familie. Doch sie widersprach ihm, bis auf den ersten Weihnachtsfeiertag sei sie auch immer nur allein.

Sie: *„Wieso sollten wir beide dann nicht uns gemeinsam ein schönes Fest machen. Immerhin wissen auch schon einige Leute von dir. Außerdem sollten wir uns beide einmal überlegen, ob wir nicht zum Jahreswechsel eine kleine Reise machen, was würdest du davon halten, wenn wir ein paar Tage nach Dresden fahren, uns die Frauenkirche und andere Sehenswürdigkeiten ansehen?"*

Er: „*Die Idee ist gut, doch für mich im Moment leider nicht umsetzbar, sehe dich hier um, ich muss mir noch zu viele Dinge neu anschaffen!*"

Conny verstand das sehr gut und bedauerte es sehr. Aber im gleichen Moment hatte sie einen Plan, den sie aber im Moment noch für sich behielt. Jimmy feiert im Januar seinen dreiundvierzigsten Geburtstag, dazu wird sie ihm diese Reise zum Jahreswechsel ganz einfach schenken. Sie wollte nicht, dass er allein die Feiertage verbringt und depressiv zu Hause sitzt.

Am Abend nahm sie ihr Tablet und buchte, ohne dass er es gemerkt hatte in Dresden ein Hotelzimmer, nicht weit weg von der beliebten Frauenkirche. Jimmy hatte es im Regensburger Dom so sehr gefallen, damals überraschte er sie so sehr, dieses Mal wird Conny ihn eine Freude bereiten. Sie schloss schmunzelnd ihr Tablet und legte sich zu Jimmy auf die Couch. Er zog sie ganz fest an sich, als wollte er sie nie mehr loslassen. Conny spürte in diesem Moment, wie er in seinem Haus die Zweisamkeit genoss. Sie graulte ihm hinter seinen Ohren, das liebte Jimmy. Da konnte er all seine Sorgen vergessen. Beide sprachen kein Wort, dann legte Jimmy seine Hand auf Connys Oberschenkel, streichelte sie genussvoll bis nach oben zu ihrem Bauchnabel und öffnete ihre Jeans. Conny streifte sich ihre Bluse über ihren Kopf.

Dann lies sie es zu, dass Jimmy erst ihr die Jeans und den Slip vor Leidenschaft vom Leibe riss und dann seine. Alles ging rasend schnell. Sie legte sich auf ihren Rücken damit Jimmy sie mit seinen zarten Händen an und in ihrer Höhle verwöhnen kann. Conny stöhnte wieder sehr lautstark, nahm ihre Beine weit hoch in die Höhe, schwenkte mit ihnen im Wechsel nach links und rechts. Es war ein wundervolles Gefühl für sie dazu von Jimmy zärtlich gefingert, zu werden. Sie wurde leise, verdrehte ihre Augen und vibrierte mit ihrem Unterleib unglaublich schnell. Jetzt hatte es Jimmy wieder geschafft, dass Conny ein paar der wundervollsten Sekunden ihres sexuellen Höhepunktes erleben durfte. Jimmy wurde von ihr völlig eingenässt, doch ihm machte das erst so richtig geil. Er nahm sie sich jetzt so, dass Conny mit dem Rücken zu ihm auf der Couch kniete. Sie konnte sich wunderschön auf der Lehne aufstützen. Jimmy nahm sein „Bärchen" und konnte, ohne nachzuhelfen, ihn in ihrer Venus bis zum Anschlag versenken. Bevor Jimmy kam, nahm er Connys Hüften mit beiden Händen, um noch mehr Stoßkraft zu haben. Unglaublich heftig gab er ihr, Stöße, die bei Jimmy und Conny gleichzeitig, laute und erlösende Schreie auslösten und damit ihre sexuelle Lust besiegelten.

Conny hatte dazu nur noch eines zu sagen: *„Jimmy du bist unglaublich, ich liebe dich!"*

Er küsste sie und nahm sie zu sich auf seinen Bauch, deckte sie mit einer Decke zu und sagte: *„Ja mein Engel, dass mit uns ist, etwas ganz Besonderes!"*

Am nächsten Tag fuhr sie wieder nach Hause. Jimmy hatte ein paar Aufträge abzuarbeiten und sie wird sich mit ihrem Mann Max treffen, um mit ihm einiges was ihre Trennung und alles was damit in Zusammenhang steht besprechen.

Aber die beiden werden nicht mehr lange warten müssen, um wieder ein paar Tage zusammen verleben zu können. Sie einigten sich darauf, dass Jimmy am ersten Weihnachtsfeiertag gegen Abend bei ihr sein wird. Dann ist Conny vom Essen mit ihrem Sohn Peter und dessen Anhang wieder zurück. Jimmy wird bis nach dem Jahreswechsel bei Conny bleiben. Beide freuten sich schon sehr darauf.

In den kommenden Tagen schmückte sie ihr Haus, wie sie es schon immer gewohnt war weihnachtlich. Zwar erwartete sie keinerlei Besuch von Freunden oder Verwandten. Aber sie freute sich nach diesem turbulenten Jahr auf die Tage mit Jimmy, er sollte sich sehr wohl fühlen bei ihr.

Bei Conny wurde der Weihnachtsbaum immer sehr edel mit weißen Engeln aus Porzellan und goldenen Kugeln und Schleifen dekoriert. Sie zog es schlicht, aber edel vor. Am Heiligabend war sie

ganz allein zu Hause. Zwar kamen einige Anrufe von Verwandten und Freunden, unter anderem telefonierte sie natürlich auch mit Jimmy. Sie zog es vor an diesem Tag allein zu sein, damit hatte sie Zeit für sich über das vergangene Jahr und über ihre Zukunft nachzudenken. Ihr Mann schlug ihr vor, in dem gemeinsamen Haus wohnen zu bleiben. Auch würde er sie finanziell unterstützen, um weiterhin Hausfrau bleiben zu können. Conny konnte sich noch nicht entscheiden, was sie in Zukunft machen wird. Ihr schwebt eventuell ein kleines Textilgeschäft vor. Oder auch eine Arbeit mit Kindern, wo sie sich sozial engagieren kann.
Doch darüber möchte sie sich jetzt noch nicht festlegen. Noch ist ihre Trennung sehr frisch, auch Conny braucht ihre Zeit, um ihren Rhythmus zu finden.

Heute ist der erste Weihnachtsfeiertag im Jahre 2012, ihr Mann Max holt sie wie abgesprochen ab, um zum geplanten Essen ihres Sohnes zu fahren. Conny reichte ihm die Kiste mit allen Geschenken. Sie hatte liebevoll Plätzchen selbst gebacken und schön für jeden Einzelnen verpackt, dazu jeweils eine sehr gute Flasche Rotwein. Für Peter und John hatte sie noch einen Umschlag beigelegt, in dem ihr Mann Max einen Geldbetrag einlegte, damit Peter und John sich selbst einen Wunsch erfüllen können.

Als sie im Restaurant ankamen, wurden sie sehr herzlich von ihrem Sohn und dessen Partner begrüßt. Vicky und Mandy schlossen sich an und wünschten den beiden frohe Weihnachten.

Die anderen Elternpaare trafen nacheinander ein, man begrüßte sich und tauschte kleine Geschenke untereinander aus.

Als alle an ihren Plätzen saßen und die Getränke ausgeteilt waren, winkte John nach dem Kellner, und bat ihm mit dem Essen zu beginnen. Es gab traditionell Gänsebraten mit Rotkohl und Klößen. Die lustige Gesellschaft wurde etwa nach einer halben Stunde, als das Essen vorbei war von John gebeten, eine kleine Gesprächspause einzulegen. Mandy möchte sehr gern noch ein paar Geschenke an alle verteilen. Sie hatte zusammen mit Peter liebevolle kleine Rollen selbst hergestellt, die mit zwei edlen kleinen Engeln und einer Schleife verschönert waren. Mandy bat die Gäste, dieses Geschenk bitte erst zu öffnen, wenn alle ausgeteilt waren. Jeder wartete gespannt auf den Inhalt. Peter, John, Vicky und Mandy versammelten sich gemeinsam vor dieser Gesellschaft und zählten im Chor bis drei: *„Jetzt dürft ihr euer Geschenk bitte öffnen!"*

Jeder war sehr gespannt, einige hatten schon den Verdacht, dass der Inhalt die Schwangerschaft von Mandy sein wird. So war es, es war ein Ultraschallbild von Mandys Kind in der sechsten Schwangerschaftswoche. Alle gratulierten Mandy und Peter zur gelungenen Schwangerschaft. Doch Vicky ermahnte die Gäste lustig, sie sollten sich das Bild doch bitte einmal genauer ansehen.

Jetzt erst sahen alle auf ihrem Bild, dass Mandy und Peter Zwillinge erwarteten.

Jeder freute sich doppelt, Mandy konnte sich kaum retten vor Umarmungen. Nun kam der Kellner und brachte Champagne für alle, dazu Orangensaft für Mandy. Die gesamte Familie auf den gelungenen Nachwuchs angestoßen und wünschten Mutter, Vater und Kindern alles erdenklich Gute. Es wurde auf dieses Ereignis bis zum späten Abend gefeiert.

Nur Conny musste leider früher diese Feier verlassen. Jimmy hatte sich für 20:00 Uhr, bei ihr angemeldet. Ihr Mann Max fuhr sie selbstverständlich nach Hause. Er hatte es akzeptiert, dass seine Frau sehr viel Zeit mit Jimmy verbringt.

Fast pünktlich traf Jimmy bei ihr zu Hause ein. Es war für ihn immer wieder ein wundervolles Erlebnis mit Conny zusammen zu sein. Sie begrüßte ihn überglücklich mit den Worten: *„Frohe Weih-nachten Jimmy!"* Er stellte seinen Koffer ab und umarmte sie voller Leidenschaft. Ihm entging dabei nicht, dass sie vor Freude an diesem Tag völlig außer sich war. Sie faste beide Hände von ihm und sagte: *„Komm mit Jimmy, ich muss dir etwas ganz Großartiges erzählen!"*

Beide setzten sich ins Wohnzimmer, sie forderte ihn lieb auf die bereitstehende Flasche Champagner zu öffnen, da es einen Grund zum Feier gäbe.

Jimmy füllte mit einem fragenden Blick die beiden Gläser und wartete auf Connys Überraschung. Sie fing ganz aufgeregt an zu erzählen, was sie heute für ein großartiges Weihnachtsgeschenk von ihrem Sohn erhalten habe.

Sie zeigte Jimmy dieses Ultraschallbild von Mandy. Tränen der Freude liefen ihr über ihr Gesicht. Jimmy nahm sein Glas und prostete mit den Worten: *„Na dann, mal alles erdenklich Liebe und Gute, Oma Conny, ich freue mich mit euch allen, dass Peter und Mandy ein gemeinsames Kind erwarten und dass es mit der künstlichen Befruchtung funktioniert hat"*

Conny lachte laut, Jimmy sah sie fragend an.

Jetzt meinte sie zu ihm: *„Ein Kind, das ich nicht lache. Mandy und Peter dürfen sich über Zwillinge freuen, sehe dir das Bild einmal genauer an!"*

Daraufhin goss Jimmy ein zweites Glas für jeden ein, er war der Meinung zwei Kinder, zweimal darauf anstoßen!

Aber Jimmy hatte für sie auch noch eine kleine Überraschung, er ging und holte aus seinem Koffer ein Päckchen. Nahm sie zu sich, küsste sie und wünschte ihr, noch einmal frohe Weihnachten.

Jetzt war sie völlig überrascht aber nicht unvorbereitet. Da sie Jimmy ja nun schon lange und gut genug kannte, hatte sie für ihn auch ein kleines Geschenk. Beide packten aufgeregt ihre Geschenke aus. Conny konnte jetzt gerade, als sie die Schachtel öffnete, kein Wort mehr sagen. Sie entnahm behutsam eine Goldkette mit einem Engelsflügel als Anhänger. Sie war so glücklich, drückte und küsste Jimmy, bis er fast keine Luft mehr bekam. Er sagte nur: *„Du bist mein rettender Engel!"*

Nahm die Kette und legte sie Conny an, sofort lief sie in die Diele, um sich im Spiegel damit zu begutachten.

Jetzt machte Jimmy in seinem Geschenk eine Entdeckung, die sein Leben von nun an verändern wird.

Er nahm aus einer kleinen Dose einen Schlüssel von Connys Haus, mit einem Anhänger, der die Aufschrift trug: *„Herzlich willkommen Jimmy in meinem Leben!"*

Für einen Moment war er völlig irritiert. Doch Conny war der Meinung, dass er jederzeit, wenn er möchte, zu ihr kommen kann. Ob es an den Wochenenden oder während der Woche ist.

Jetzt wollte sie eine Kleinigkeit zu Abend essen. Sie hatte schon am Vormittag ein paar leckere Silberplatten mit Sushi und die dazugehörigen Soßen vorbereitet. Gemütlich und völlig relaxt aßen beiden zu einem guten Glas Wein zu Abend.

Jimmy hatte vor, seinen Koffer auspacken, doch Conny hatte für ihn noch eine Überraschung, sei meinte: *„Den kannst du gleich gepackt lassen, wir verreisen Morgen in aller Früh für eine Woche!"*

Sie reichte Jimmy einen Umschlag, in dem er zu lesen bekam, dass er mit Conny zusammen eine Woche nach Dresden reise, um mit ihr zusammen da den Jahreswechsel zu feiern. Er war baff! Und sagte: *„Das kann ich nicht annehmen!"*

Sie: *„Oh, doch das kannst du, es ist dein Geburtstagsgeschenk, du hast es dir verdient, nur Gratulieren kann ich dir dazu leider noch nicht!"*

Beide freuten sich, die eine Woche Urlaub miteinander verbringen zu dürfen, noch in dieser Nacht machten sie sich über die Region sächsische Schweiz kundig, was sie sich alles ansehen möchten. Es gab sehr viele schöne Dinge zu entdecken. Dabei bemerkten sie sehr viele Gemeinsamkeiten.

Jimmy wanderte, sehr gern dazu bot sich das Elbsandsteingebirge auch in diesem Winter, der fast keinen Schnee hatte, hervorragend an. Auch Conny ist naturbegeistert. Sie nahmen sich vor, lange Spaziergänge an der Elbe zu unternehmen. Auch haben beide Vorlieben für die zahlreichen Museen, die Dresden mit seinem Prunk zu bieten hat. Ein Gottesdienst in der Frauenkirche wird ihr Höhepunkt am Silvesterabend werden.

Aber bevor die Reise losgeht, wollte Jimmy seine Conny noch einmal so richtig glücklich machen. Zu schön war der Abend mit ihr zusammen, Jimmy fühlte sich mehr als wohl in ihrem Haus. Da Conny eine Frau mit Stil war, hatte sie sich für diese Weihnachtsnacht extra ein besonderes sexy Dessous gekauft. Sie wird Jimmy als Weihnachtsfrau in einem hauchdünnen roten, Tüll mit weißem Plüsch, überraschen. Dazu trägt sie weiße Strapse mit einer edlen Spitze und rote High Heels. Sie ging nach Jimmy allein in ihr Bad, machte sich frisch, cremte sich mit ihrem geliebten Duft ein, zog sich ihr sexy Kostüm an und ging zu Jimmy ins Gästezimmer. Er hatte sich schon um Kerzen und sanfte Musik gekümmert. In dem Moment schlug er seine Hände vor sein Gesicht und sagte: *„Ich glaube ich träume, was bist du nur für eine unglaublich schöne Frau!"*

Sie ging sehr elegant mit langsamen Schritten auf Jimmy zu, der auf ihrem Bett fassungslos saß. Sie nahm seine Hand und sagte: *„Jimmy ich liebe dich über alles! Schön, dass es dich für mich gibt!"* Er weinte und sagte: *„Ich liebe dich mehr wie mein eigenes Leben, du bist nicht nur schön, sondern auch sehr klug. Komm her zu mir, mein Engel, ich möchte dich jetzt lieben bis zum Wahnsinn!"* Vorsichtig lehnte Conny sich mit ihrem Oberkörper zu ihm, gab ihm einen leidenschaftlichen Kuss, in diesem Moment nahm er sie an ihren Hüften, legte sie auf das Bett, kniete sich über Conny und genoss den unglaublichen geilen Anblick ihres Körpers, verpackt in diese traumhaften Dessous. Er konnte von ihren Brustwarzen, die durch den roten Tüll gut sichtbar waren, nicht genug haben, sabberte an ihnen vor Habgier, er stöhnte, dass er ihr jetzt die Kleider runterreiße. Es geschah, Jimmy nahm seine beiden Hände, faste einmal kräftig an Connys Ausschnitt zu und schon war es passiert, der Weg war für Jimmy frei, um an ihre Brüste zu gelangen. Sie schlug ihre Beine um Jimmys Oberkörper, presste sich mit ihrer Venus ganz fest an ihn. In diesem Moment hatte Conny sofort ihren ersten Orgasmus. Jimmy genoss es, ihr Zucken zwischen ihren Schenkeln an seinem Leib zu spüren. Er stöhnte wie ein wildes Tier. Nachdem Conny sich etwas entspannte, ließ er von ihr ab, legte sich ihr entgegengesetzt, leckte den Saft von ihr, Conny nahm ihr „Bärchen" zwischen ihre Lippen und gleitet damit zärtlich auf und ab. Dabei massierte sie Jimmys Hoden, bis sie völlig unter Spannung standen. Sie regelte sich mit ihrer Venus vor Jimmys Mund hin und her, bis sie plötzlich bemerkte, dass sie wieder abspritzte. Das machte Jimmy jetzt noch geiler, er nahm sie, positionierte sie, wie er sie gerade jetzt wollte, und ließ sein "Bärchen" mit einer unglaublichen Zärtlichkeit, in Conny versinken, sie hatte immer noch nicht genug, sie verlangte nach mehr, immer mehr. Sie schrie: *„Jimmy, Jimmy!"*

Plötzlich wurde es ganz still. Beide erlebten völlig erregt einen Orgasmus, den es so zwischen den beiden noch nie gab. Als sie sich nach einigen Minuten losmachten, viel Jimmy endlos geschafft neben sie. Conny schmunzelte ihn an und sagte: *„Du hast dich heute wieder selbst übertroffen, du bist unglaublich!"*

Er bedankte sich und entschuldigte sich dafür, dass jetzt ihr wunderschönes Dessous zerstört ist, er wird es ihr ersetzen. Conny lachte und lehnte dies strikt ab. Es war zum Spaß gekauft und somit hat es seinen Zweck erfüllt.

Am nächsten Tag hatten sie fast sieben Stunden Fahrt vor sich. Jimmy war es auf Grund seiner Montagearbeit gewohnt große Strecken am Stück zu fahren. Er übernahm Connys Autos. Sie hatten sich sehr viel auf dieser Fahrt zu erzählen. Sie verging wie im Flug. Eines der wichtigsten Themen war, die im September erwarteten, Zwillinge. Jimmy wollte wissen, wie die Erziehung und der

Aufenthalt der Kinder zwischen den beiden homosexuellen Paaren ablaufen sollten. Sie berichtete ihm davon, wie sich Peter und Mandy das alles so gedacht hatten. Auf jeden Fall braucht jetzt Peter ein Haus oder eine größere Wohnung, damit beide Kinder, wenn sie bei ihm sind, ausreichend Platz haben. Auch Mandy und Vicky müssen sich, da nun zwei Kinder erwartet werden vergrößern.

Jimmy meinte dazu, dass sich dann Conny nicht mehr um einen Job kümmern müsste, dann hat sie als Oma genug Aufgaben. Sie lachte und meinte, wir sind vier Omas und vier Opas!

Angekommen in Dresden, checkten sie in ihrem Hotel nur ein paar Schritte von der Frauenkirche entfernt ein. Der Blick aus ihrem Zimmer ging genau auf die Frauenkirche und auf die Innenstadt von Dresden. Conny stand am Fenster und genoss diesen Anblick, Jimmy stellte sich hinter sie, legte seine Hände um ihre Hüfte und küsste ihren Hals genüsslich.

Dazu sagte er: „*Danke mein Engel, das ist mein schönstes Geburtstagsgeschenk, was ich in meinem Leben je erhalten habe!*"

Sie: „*Sehr gern Jimmy!*"

Nach einer Stunde der Erholung packten beide ihre Koffer aus. Danach gingen sie im Hotel etwas Kleines essen und besprachen dann den Ablauf der kommenden Tage. Sie hatten sich jeden Tag ein anderes Ziel gesetzt, um so viel wie möglich zu sehen und zu erleben.

Ein ganz Besonderer, erlebnisreicher Tag war für beide ein längerer Spaziergang über die Bastei. Sie waren von dem Ausblick von den mächtigen Gesteinen hinunter auf die Elbe mit ihrem wundervollen Flussbett völlig angetan. Auch über die zahlreichen Brücken und Gesteinen bis runter ins Tal bis hin zu den Wasserfällen machten beide fassungslos, was doch die Natur alles zu bieten hat.

Es war der letzte Tag des Jahres. Conny zog sich für den Gottesdienst in der Frauenkirche festlich an. Jimmy war auf diese Reise nicht vorbereitet und kaufte sich in einem Geschäft gleich neben ihrem Hotel das passende Outfit.

Beide sahen so gut aus, man sah ihnen an, wie glücklich sie waren.

Aufgeregt gingen sie zur Kirche und warteten auf Einlass.

Unzählige Menschen versammelten sich, um an diesem Gottesdienst teilzunehmen. Schon im Vorfeld informierten sie sich im Internet über die Geschichte dieser Kirche. Beide faszinierte die Pracht, die sie im Inneren zu sehen bekamen.

Als die Orgel zu Beginn des Gottesdienstes erklang, nahm Jimmy Connys Hand und schloss die Augen.

Auch sie hatte mit sich und ihren Tränen zu kämpfen. Zu beeindruckend waren diese Minuten den Orgelklängen zuzuhören.

Jimmy ließ die Hand seiner Liebsten den gesamten Gottesdienst lang nicht mehr los, im Gegenteil immer heftiger hielt er sie in seiner.

Als sie zurück im Hotel waren und sich für die bevorstehende Silvesternacht zurechtmachten, sprachen sie ununterbrochen um dieses unglaublich schöne Erlebnis am Abend. Sie gingen hinunter in das Restaurant. Jimmy genoss die Blicke aller anderen Gäste, die Conny magisch an sich zog. Sie trug ein hautenges, bodenlanges Kleid in Schwarz, dazu pinkfarbene sehr hohe Absatzschuhe. Passend dazu eine kleine pinkfarbene Handtasche. Sie sah umwerfend aus.

An diesem Abend tanzten beide ununterbrochen. Conny staunte, was Jimmy für ein leidenschaftlicher Tänzer war. Schon viele Jahre ist es her, dass sie so einen großartigen und ausgelassenen Abend erleben durfte. Sie fühlte sich wie zwanzig. Als es Mittenacht wurde, nahm Jimmy seine Conny an die Hand, stand mit ihr gleichzeitig mit einem Glas Champagner auf, beide konnten in diesem Moment kein Wort sagen. Tränen des Glückes liefen ihnen übers Gesicht, schluchzend lehnte sie sich an Jimmy und wünschte ihm ein erfolgreiches und glückliches Jahr 2013.

Er gab diesen Wunsch an Conny mit der Bemerkung: *„Das wird es für uns beide"* zurück. Sie gingen hinaus, um gemeinsam Arm in Arm das wundervolle Feuerwerk über Dresden zu genießen. Danach einigten sie sich, ganz für sich allein die Nacht mit einer Flasche Champagner in ihrem Zimmer zu beenden.

Jimmy legte sich auf das Bett, streckte Arme und Beine von sich. Er war erledigt, der Tag und die Nacht waren sehr anstrengend. Conny zog ihn erst die Schuhe aus, dann seine Kleidung, er lachte und lies sich wie ein kleines Kind von ihr verwöhnen, gab lachend Anweisung, was sie als Nächstes machen sollte. Conny lachte sich mit kaputt. Aber sie schaffte es ohne, dass Jimmy ihr half, ihn komplett nackt zu bekommen. Dies gefiel ihm, er nahm sie schlagartig mit seinen starken Armen hoch, ohne dass sie nachdenken konnte. Setzte sie auf den Schminktisch, schob ihr Kleid nach oben und drückte sein gewaltig erregtes „Bärchen" gegen ihre Venus.

Conny streifte ihren Tanga hastig zur Seite und er drang sofort ohne jedes Vorspiel in ihre völlig durchnässte Venus ein. Heftige Stöße gegeneinander mit unglaublichen Geräuschen, die beide von sich ließen, begrüßten sie das neue Jahr mit ihrem eigenen Feuerwerk der Gefühle. Es sollte ihr gemeinsames Jahr werden. Ein Jahr in den Jimmy mit Conny noch mehr Zeit verbringen sollte.

Es ist vier Wochen vor Ostern 2013, Conny hatte geplant, die gesamte Familie zu einem Essen einzuladen. Auch der neue Partner ihres Mannes Max und Jimmy werden daran teilnehmen. Alle zusammen waren sich einig, die Situation so anzunehmen, wie sie war. Sich dem Gegenüber und deren neuer Partnerschaft zu achten und zu respektieren. Jeder wusste, dass Peter und seine Kinder, sobald sie das Licht der Welt erblicken, beide Großeltern brauchten.

Ihr Mann Max überschrieb Conny das gemeinsame Haus zu ihrem alleinigen Besitz.

Jimmy war des Öfteren am Wochenende bei Conny, nur wenn er geschäftliche Angelegenheiten zu erledigen hatte, fuhr er einmal nach Bayern in sein Haus. Er brachte dann Post und Rechnungen mit, die Conny für ihn abarbeitete, damit er mit einer soliden Geschäftsführung immer auf den Laufenden blieb.

Immer öfters bekam er über liebe Freunde von Connys Seite her, Aufträge in ihrer Nähe. Es spielte sich ein, dass die beiden in Connys Haus wie ein Paar zusammenlebten. Nachbarn nahmen Jimmy als einen sehr lieben und netten Menschen an und respektierten, dass Conny nach ihrer Trennung wieder einen neuen Partner hatte. Er fühlte sich sehr wohl in dieser neuen Heimat. Er arbeitet sehr viel, damit er seine restlichen Schulden aus seiner vergangenen Partnerschaft schnell abbezahlen konnte. Jimmy war ein sehr ehrgeiziger Mann. Er wollte alles, er wollte Conny ein gutes Leben bieten und nicht von ihr finanziell abhängig zu sein, aber eben auch sein Geschäft, schuldenfrei führen.

Beide saßen eines Abends, gemütlich auf der Couch zusammen als Conny ihm den Vorschlag machte bis zum Osterfest, ihr Haus nach seinen Vorstellungen zu renovieren. Jimmy war sehr kreativ, was das Gestalten von Zimmern und Wänden betraf. Er willigte sofort ein und machte ihr ganz viele Vorschläge. Conny war es sehr wichtig, dass sich Jimmy bei ihr wie zu Hause fühle und nicht wie ein Gast.

Gesagt getan, er schuftete gemeinsam mit Conny bis zum geplanten Essen mit der gesamten Familie jeden Tag bis spät in die Nacht. Am Tage arbeitete er seine Aufträge ab. Sie zweifelte daran all diese viele Arbeit, bis zum Osterfest zu schaffen, dass es Jimmy noch schafft, seine Möbel aus Bayern zu ihr zu holen, doch er war optimistisch und gab ihr immer wieder Mut. Conny kaufte neue Vorhänge zu jedem fertig renovierten Zimmer, dekorierten diese passend zu Jimmys Ideen. Er hatte es unglaublich gut verstanden, Altes mit Neuen zu kombinieren. Zwei Tage vor dem großen Ansturm der Familie war alles geschafft, alles sauber und neu. Das Gemeinsame zu Hause von Conny und Jimmy war fertig.

Als die geladenen Gäste am Ostersonntag nach und nach eintrafen, staunten sie, wie sich nicht nur Conny zu ihrem Vorteil verändert hatte, sie waren auch alle zusammen von Jimmys Ideen und Kreativität ein Haus umzugestalten völlig angetan.

In diesem Zusammenhang gab ihr Sohn Peter bekannt, dass er mit John, Mandy und Vicky sich ein Doppelhaus angesehen, und dieses Kaufen werden. Es war ein altes Doppelhaus, außerhalb der Stadt mit zwei sehr schönen angelegten Gärten, in denen ihre

Kinder sehr viel Platz zu spielen haben. In einer Hälfte wird Mandy mit Vicky wohnen und in der anderen, Peter mit John. Somit steht einer gemeinsamen Erziehung ihrer Zwillinge nichts mehr im Wege. Nick, der neue Partner von Connys Mann ist Bauingenieur und wird die fachgerechte Planung des bevorstehenden Umbaus übernehmen. Peter machte Jimmy das Angebot die gesamten Maler und Renovierungsarbeiten zu übernehmen.

Sobald der Kaufvertrag unterschrieben ist und die nötigen Formalitäten dazu erledigt sind, kann es schon losgehen. Er wünschte sich, dass alle zusammen bis zur Geburt ihrer Zwillinge in diesem Doppelhaus einziehen könnten.

Jimmy war sofort dabei, er bedankte sich für Peters Angebot, diesen Auftrag übernehmen zu dürfen.

An diesem Tag zog Leben in Connys Haus ein. Sie wusste, dass von nun an Jimmy ein Teil ihrer etwas außergewöhnlichen Familie geworden war.

Mandy hatte wieder für alle Familienmitglieder ein kleines Geschenk dabei. Sie überreichte jeden ein brandaktuelles Ultraschallbild ihrer Kinder. Sie war jetzt schon im fünften Monat schwanger und man konnte beide sehr deutlich erkennen. Sie freute sich allen mitteilen zu können, dass es ein Zwillingspärchen werde.

Die Freude war groß bei jedem Einzelnen.

Vier Wochen später ging es los mit den Umbauarbeiten im Doppelhaus. Nick arbeitete sehr viel mit Jimmy zusammen, sie waren ein zuverlässiges Team für die werdenden Elternpaare.

Die Häuser sollten so werden, dass es einen Durchgang innerhalb des Hauses gibt, wo sich später die Kinder frei zwischen Müttern und Vätern bewegen können. Auch der Garten sollte so gestaltet werden, dass jedes Paar seinen Freiraum hat, aber ebenfalls gemeinsam genutzt werden kann. Es war für Nick und Jimmy eine sehr große Herausforderung, allen Wünschen gerecht zu werden. Aber es machte auch sehr viel Spaß.

Conny war in dieser Zeit oft sehr allein, doch sie wusste, es ist für ihren Sohn und für ihre Enkel.

Jimmy lebte sich schnell in Connys Leben ein. Zu Pfingsten ließ er sich für sie etwas ganz Besonderes einfallen. Er wollte ihr einen ihrer großen Wünsche erfüllen. Conny träumte, seit sie ihn kannte davon, mit ihm eine große Motorradtour zu machen, dann irgendwo anzuhalten, da wo es ihnen beiden gefällt, um einfach die gemeinsame Zeit zusammen genießen zu können.

Er plante trotz seiner sehr wenigen Zeit im Moment einen Ausflug an den Gardasee mit seiner Maschine. Kaufte für Conny heimlich eine komplette Motorradausrüstung.

Einen Tag bevor es losgehen sollte, überraschte er sie mit dieser Reise. Er kam am späten Abend nach Hause, Conny hatte wie immer für ihn ein Abendessen bereitgestellt und wollte sich gerade zu ihm setzen, um mit ihm den vergangenen Tag und die Planung für die Pfingsttage zu besprechen.

Jimmy gab auf Anfrage dazu ihr keine Antwort. Conny war irritiert von seinem Verhalten und fing an nachzufragen, was mit ihm sei. Er schmunzelte nur und aß sein Essen. Er wurde immer geheimnisvoller. Das brachte Conny auf die Palme, doch er war ganz entspannt und vertröstete sie auf später.

Nach dem Essen sagte er zu ihr: *„Mein Engel würdest du mir bitte aus meinem Auto in der Garage mein Auftragsbuch holen, ich möchte nachsehen welche Arbeiten zu Pfingsten bei Peter und Mandy, in den Häusern anstehen!"*

Conny lief zur Garage, öffnete die Tür und stand wie versteinert da. Jimmy hatte genau am Eingang sein Motorrad und ihre nagelneue Ausrüstung positioniert. Sie fasste es nicht, ging zur Maschine, nahm die neue Lederkombi und den passenden Helm in die Hand und schüttelte nur mit dem Kopf. In diesem Moment stand völlig unbemerkt Jimmy hinter ihr, umarmte sie von hinten, gab ihr einen Kuss in ihren Nacken und flüsterte ihr ins Ohr: *"Wir sollten jetzt ganz schnell etwas zusammenpacken, wenn wir beide Morgen sehr früh unseren Pfingstausflug antreten möchten!"*

Sie: *„Wie Jimmy, wir verreisen mit dem Motorrad?"*

Er: *„Ja mein Engel, wir verreisen die gesamten Pfingsttage, es war dein großer Wunsch, ja und da ich dich sehr liebe werde ich ihn dir jetzt erfüllen. Du hattest mir eines meiner schönsten Geburtsgeschenke zum Jahreswechsel gemacht und jetzt revanchiere ich mich dafür!"*

Sie bedankte sich bei Jimmy vor lauter Freude mit einem leidenschaftlichen Kuss, nahm ihre Motorradkleidung und zog sie sofort an. Jimmy lachte und freute sich, dass sie ihr so gut passte und Conny auch damit sehr sexy aussah. Sie tanzte vor ihm und sang: *„Jimmy, lass uns auf die Reise gehen, lass uns den Wind um die Nase wehen ...!"*

Sie sah in diesem Moment so glücklich aus. Jimmy nahm sie an sich, öffnete den Reißverschluss ihrer Lederkleidung und half ihr diese wieder auszuziehen.

Zog sie schnell zu ihrem Auto. Hob sie auf die Motorhaube, Conny schlug ihre Beine über Jimmys Hüfte. Er streifte ihr, ihr Shirt über den Kopf, öffnete ihren BH und verwöhnte ihre Brüste und ihre Brustwarzen. Conny warf ihren Kopf nach hinten und stöhnte vor Wohlbehagen.

Sie spürte Jimmys Atem unter ihrem Nabel, sie wurde dabei unglaublich feucht, spreizte ihre Beine immer weiter. Jimmy ließ seine Hose ganz lässig fallen, legte ihre Beine genussvoll zu sich auf seine Schultern und versenkte sein „Bärchen" in Conny. Sie schwebte auf dieser Motorhaube mit ihrem Po und stützte sich mit ihren Armen seitlich ab. Jimmy verging in ihr, mit immer heftigeren Stößen schenkte er Conny und sich in völlig verschmolzener Leidenschaft eine innere Befriedigung ihrer Sehnsüchte.

Am nächsten Morgen starteten beide in Richtung Gardasee, Jimmy hatte für die Übernachtungen kein Hotel gebucht, ihr Traum war es, einfach irgendwo anzuhalten, ein Zelt aufzuschlagen und den Abend am Feuer mit ihm zu genießen.

Er verstaute noch als Conny an diesem Morgen schlief, alles, was dafür benötigt wurde, auf seinem Motorrad. Jimmy wusste genau, wo was befestigt werden musste, um sicher am Ziel anzukommen. Dann stellte er die Maschine vors Haus und weckte Conny mit den Worten: *„Aufstehen süße, du hast deinen Urlaub verschlafen. Das Motorrad wartet schon auf dich!"*

Conny sprang auf, sah auf die Uhr und sagte: *„Jimmy, es ist noch nicht so weit, erst möchte ich mit dir noch ein paar Minuten kuscheln!"*

Er legte sich zu ihr und beide träumten noch etwas von den bevorstehenden gemeinsamen Tagen.

Nach dem Frühstück fuhren sie los, ab in einen Urlaub ohne Luxus und Komfort, den sich Conny schon so lange wünschte.

Beide genossen die Freiheit, über Autobahnen zu rauschen und den Wind, um die Nase zu spüren, sie liebten sich unter freien Himmel, wann es ihnen gerade danach war. Es waren Tage voller Leidenschaft, Conny erkannte sich nicht wieder. Sie war frei und unbeschwert. Sie bereute keinen Tag, seitdem sie Jimmy kennen und lieben gelernt hat.

An diesen Tagen einigten sie sich darauf, dass Jimmy seinen Hauptwohnsitz zu Conny verlege, da sein Geschäft weiterführe, sein Wohnhaus in Bayern in Zukunft zu vermieten und sein altes Bürohaus mit Werkstatt zu verkaufen und sich in Connys Nähe ein Lager für seine Arbeitsmaterialien und Gerüste anmieten wird. Doch bis dahin gibt es in Peters und Mandys Häusern, noch sehr viel zu tun. Die werdende Mutter sollte nach der Entbindung schon in ihrem Haus mit ihrer Partnerin und den Kindern wohnen können.

Es ist Anfang Juli, Mandy und Vickys Haushälfte ist dank aller fleißigen Helfer, pünktlich vor Mandys Entbindung fertig renoviert. Nick als Bauingenieur hatte es in harter Zusammenarbeit mit Jimmy und einigen anderen Handwerkern in kurzer Zeit geschafft ein Kinderzimmer, ein Spielzimmer, die Küche, das Schlafzimmer und das Wohnzimmer, das Bad, zwei Toiletten, eine Gästewohnung in der Kelleretage und einen Wintergarten zu errichten.

In ein paar Tagen wird der große Umzug sein. Mandy liegt zur Vorsorge und Beobachtung, bis zur geplanten Entbindung in einer Klinik, um kein Risiko einzugehen. Conny ist schon im neuen Haus vor Ort, um alles zu säubern, und hat die wunderschöne Aufgabe, das Kinderzimmer und das Spielzimmer einzuräumen. Sie freute sich darauf, jetzt ist es bald soweit und sie wird ihre beiden Enkelkinder in den Armen halten können.

Jimmy wird neben Peter, John und Mandys Vater beim Transport und bei dem Ab und Aufbau aller Möbel helfen. Die Mütter von John, Mandy und Vicky kümmern sich ebenfalls um das Einräumen der restlichen Zimmer im Haus.

Alles ist perfekt organisiert um in kürzester Zeit, den zwei Frauen und ihren Kindern ein schönes zu Hause zu schaffen.

Am Tag des Umzuges lief alles wie geplant. Nick kümmerte sich um die Beköstigung der vielen fleißigen Helfer. Er grillte Fleisch und Würstchen für sie und sorgte für ausreichend Getränke.

Gegen 20:00 Uhr war das Haus zum größten Teil bewohnbar. Alle saßen im Garten völlig erledigt aber äußerst zufrieden. In diesem Moment bat Connys Ex Mann um das Wort. Er bedankte sich bei allen für die tatkräftige Unterstützung, damit seine Enkel, wenn sie das Licht der Welt erblicken sofort in ihr zu Hause einziehen können und dass Mandy von allen Arbeiten verschont blieb. Ganz besonders sprach er Jimmy für seine außergewöhnliche Einsatzbereitschaft und seiner äußerst guten Arbeiten im Haus seinen Respekt aus. Er betonte, dass er sich nicht nur freue, Jimmy als sehr guten Partner neben seiner Ex-Frau zu sehen, sondern auch als einen der flexibelsten Handwerker kennengelernt zu haben.

Alle Anwesenden klatschten Beifall. Jimmy wurde dabei ganz schön verlegen und Conny gab ihn einen Kuss.

Ja es stimmte, Jimmy hatte einen sehr großen Anteil an dem Gelingen des Ausbaues. Er übernahm neben seinen tatsächlichen Aufgaben, die Zimmer mit Farbe zu versehen, dass verlegen von Fliesen und Fußböden. Er schenkte, der alten Holztreppe, die in die oberste Etage führt, ein modernes Outfit und er kümmerte sich um das Montieren aller Leuchtmittel und Gardinenstangen.

Am Abend ging Conny zu ihrem Mann und bedankte sich dafür, dass er Jimmy diesen Respekt vor allem aussprach. Max fügte nur hinzu, dass er sich wohl damals in ihm mächtig getäuscht hatte, als er Conny vor ihm warnte und zu der Zeit glaubte, Jimmy ist nur hinter ihrem Geld her.

Sie musste ihm nicht sagen, wie glücklich sie mit Jimmy ist, er bemerkte es schon seit Monaten, dass Conny jetzt ihr Leben lebt, so wie sie es sich immer gewünscht hatte. Es war der richtige Weg den Conny und Max gegangen waren. Auch er ist sehr glücklich mit seinem Partner Nick.

Zwei Tage nach dem Einzug von Mandy und Vicky in ihre Haushälfte rief Peter sehr aufgeregt bei allen Elternpaaren an und gab Bescheid, dass die Zwillinge geholt werden müssen. Mandy wird es nicht schaffen, bis zum Ende der Schwangerschaft die Kinder auszutragen. Die Aufregung war bei allen groß und jeder wollte von Peter, der als leiblicher Vater, bei dem Kaiserschnitt dabei sein wird, sofort über alles informiert werden. Da die Familie auf Grund der ungewöhnlichen Umstände sehr groß war, einigte man sich darauf, dass nur John und Vicky vor dem Operationssaal warten bis Mandy alles geschafft hatte.

Nach zwei scheinbar endlos langen Stunden des Wartens war es so weit, als Erstes erblickte Paul das Licht der Welt, eine Minute später Paula.

Peter realisierte die Geburt seiner beiden Kinder als unschlagbar.

Die Hebamme legte Conny beide Kinder auf ihren Bauch, nachdem Peter die Nabelschnur durchtrennen durfte, deckte sie die Zwerge mit einer dünnen Decke zu und gratulierte beiden Elternteile zu zwei gesunden Kindern, die auf so eine außergewöhnliche Art entstanden waren.

Peter reichte jedem seiner Kinder einen Zeigefinger. Ganz fest umklammerten sie ihren Papa, so als ob sie ihn nie mehr loslassen wollten.

Peter vergaß in diesem Moment seine Mutter und den Rest der Familie zu informieren, er beugte sich zu Mandy, gab ihr einen Kuss und bedankte sich dafür, dass sie bereit war, für ihn und John die Mutter seiner Kinder zu sein. Auch Mandy gab völlig erschöpft diesen Dank an Peter zurück.

Jetzt machte Peter noch ein paar Bilder, von seinen Sprösslingen um alle Verwandten stolz darüber in Kenntnis zu setzten wie gesund und munter seine Kinder sind. Als beide Schreihälse ihre medizinische Erstversorgung hinter sich hatten und Mandy ärztlich versorgt war, wurden sie zusammen in ihr Zimmer gefahren, in dem sie schon ungeduldig, von Vicky und John erwartet wurden. Als Erstes traute sich Vicky als Mandys Ehepartnerin an sie heran, um zu gratulieren. Nachdem auch John, seine Glückwünsche überbracht hatte, ließen Peter und John die vier in diesem Moment für sich allein. Sie sollten ihr Glück für sich genießen. In dieser Zeit versendeten Peter und John unzählige Nachrichten über ihr Handy, um allen zu zeigen wie stolz sie darauf waren es geschafft zu haben als homosexuelles Ehepaar zwei Kindern die Chance zu geben, zusammen mit zwei gleichgeschlechtlichen Müttern das Licht der Welt zu erblicken.

Erst am nächsten Tag trafen alle Großeltern bei Mandy im Krankenhaus ein. Alle waren außer sich, als sie diese kleinen Würmer in ihren Armen halten durften.

Die Kids waren so lieb anzusehen. Völlig entspannt ließen sie es zu, in der Runde von vier Großeltern Paaren verwöhnt zu werden.

Einen Monat nach der Geburt der Zwillinge war auch Peters und Johns Haushälfte zum Einzug bereit. Wieder halfen alle Familienmitglieder tatkräftig mit.

Nachdem in beiden Häusern alles an Ort und Stelle war und langsam der Alltag bei allen einzog, wurde von Peter ein großes Sommerfest anlässlich der Geburt seiner Kinder organisiert. Geladen wurden die gesamte Verwandtschaft und alle Freunde von Vicky, Mandy, John und ihm. Es nahmen achtunddreißig Gäste, die mit ihm zusammen das Glück über den gemeinsamen Nachwuchs zwischen zwei gleichgeschlechtlichen Paaren feierten, teil. In dem neu angelegten Gartengrundstück, das jetzt ohne Zaun das

Doppelhaus zu einem Erholungsparadies werden ließ, feierten alle zusammen bis spät in die Nacht.

Im Oktober hatte Jimmy nun etwas Luft, um sich um den Verkauf seines alten Bürogebäudes zu kümmern. Er nahm sich zwei Wochen Zeit, um mit Conny zusammen dieses zu räumen und alles was Jimmy noch aus seinem Lager zum Arbeiten benötigt, mit einem LKW, in sein neues Lager in Connys Nähe zu bringen. Es gab viel zu tun. Alte überflüssig Akten mussten vernichtet, das alte nicht mehr brauchbare Inventar entsorgt werden.

An einem dieser Tage erschien unerwartet eine junge Frau bei Jimmy im Büro. Sie klopfte an, trat ein. Jimmy wusste für den ersten Moment nicht, wer diese junge Dame war. Erst nach dem sie sich vorstellte, wurde er sehr still und kreideweiß. Sie war sehr kurz angebunden und sagte: *„Hallo Jimmy, ich bin deine Tochter Maria. Da ich gehört habe, dass du hier für immer wegziehen wirst, wollte ich dich vorher noch einmal sehen, da du es die ganzen Jahre nie nötig hattest dich um deine eigene Tochter zu kümmern, gebe ich dir jetzt die Chance, das wieder gut zu machen. Ich brauche Geld für meinen Führerschein und ein gutes Auto."*

Jimmy war daraufhin so geschockt, dass er nichts mehr sagen konnte. Er bat sie nur erst einmal richtig einzutreten, um über alles in Ruhe zu sprechen. Sie kam der Bitte ihres Vaters nach, legte ihre Jacke und ihre Wollmütze, die vom Regen völlig durchnässt gewesen war, lässig auf den Tresen im Eingangsbereich und ging mit Jimmy nach oben. Da traf sie auf Conny. Maria sagte ein unfreundliches "Hallo" und ließ sich auf einen der Drehstühle fallen. Als Jimmy nach ihr das Zimmer betrat, stellte er Maria bei Conny als seine Tochter vor. Sie wusste von Jimmy, wie lange er sich diesen Moment schon herbeisehnte. Doch sie erkannte auch sofort, dass die Stimmung, zwischen den beiden, sehr angespannt war und verließ das Büro mit dem Vorwand, etwas einkaufen zu müssen.

Als sie unten am Tresen vorbeikam, sah sie Marias Wollmütze am Boden liegen und hob diese auf. In dem Moment hörte sie von oben eine lautstarke und heftige Diskussion. Sie blieb eine Weile stehen und bekam ungewollt mit, wie Jimmy ihr sagte, dass er die Kontaktunterbrechung zu ihr niemals wollte. Er hatte ständig versucht sie nicht nur an Geburtstagen und an Weihnachten aufzusuchen, um ihr zu zeigen, dass sie ihm wichtig ist. Doch immer ohne Erfolg. Maria hörte ihren Vater nicht zu, sie war so eiskalt zu ihm, sie forderte nur Geld.

Jimmy sagte ihr, dass sie von ihm kein Geld erwarten könne, da er gerade dabei ist, sein Leben und sein Geschäft komplett neu aufzubauen.

Conny kam daraufhin sofort ein Gespräch mit Jimmy diesbezüglich in den Sinn. Damals als sie sich kennenlernten, erzählte er ihr von

Maria, dass er all die vielen Jahre, immer regelmäßig Alimente für sie zahlte, sie aber niemals zu Gesicht bekam. Auch dass er damals den Verdacht hatte, dass seine Frau ihn betrogen hatte und Maria daraus entstanden ist.

Sofort reagierte sie, nicht um sonst war sie über dreißig Jahre mit einem Rechtsanwalt zusammen verheiratet. Sie nahm Marias Wollmütze und entnahm ein paar ihrer Haare, die sich daran festgesetzt hatten. Conny wusste, wenn es eine Chance gibt, irgendwann heraus zu finden ob Jimmy wirklich ihr Vater ist, dann gibt es sie jetzt. Sie kam sich vor wie ein Dieb, aber um Jimmy damit zu helfen, war es ihr ein Vergnügen.

Sie schickte Jimmy eine SMS mit dem Inhalt: *„Bitte Jimmy sehe dir deine Tochter, so lange sie bei dir ist ganz genau an, ob du irgendwelche Gemeinsamkeiten zwischen euch finden kannst, später mehr!"*

Jimmy hatte sofort begriffen, was Conny ihm damit sagen wollte.

Er sah Maria unauffällig an und musterte sie. Doch nein, Maria hatte überhaupt nichts von ihrem Vater. Was Jimmy sehr auffiel, sie hatte die gleiche Lockenpracht wie ihr Stiefvater damals, als seine Frau nach der Trennung zu ihm zog.

Maria forderte immer wieder ihr Recht ein vor Jimmy, dass er für sie mitsorgen muss. Er widersprach ihr und teilte ihr mit, dass er nie im Rückstand mit seinen Pflichten ihr gegenüber war und mehr kann sie von ihm nicht erwarten. Daraufhin entfachte zwischen Vater und Tochter ein heftiger Streit, Dinge über ihre Vergangenheit kamen ans Tageslicht, die Maria nicht für wahrhaben wollte und Jimmy als Lügner und Rabenvater beschimpfte.

Wutentbrannt verließ sie sein Büro, stolperte dabei am Eingang an Conny vorbei und sagte: *„Viel Spaß noch mit so einem Lügner!"*

Damit war sie weg. Conny ging hinauf zu Jimmy, nahm ihn in den Arm und sagte: *„Alles wird gut Jimmy!"*

Er weinte, er war so stolz, seine Tochter endlich einmal nach so vielen Jahren sehen zu dürfen. Doch dann der Schock über ihr Auftreten, er hatte sich das immer anders gewünscht.

Conny kochte einen Kaffee und beide machten eine Pause von ihrer vielen Arbeit. Sie sagte ihm, dass sie ihm jederzeit dabei unterstütze, wenn er einen Vaterschaftstest machen möchte. Auch ist sie, ohne ihren Ex Mann zu fragen, davon überzeugt, dass er Jimmy dabei rechtlich unterstützt. Das gab Jimmy wieder Kraft, doch er kannte keinen Weg, um an eine DAN von Maria ranzukommen. Wenn es wirklich so ist, dass Jimmys Ex-Frau ihr nur Maria untergejubelt hat, werden seine Tochter und seine Ex-Frau, diesen Test nie zustimmen. Das würde bedeuten, dass Jimmy über zwanzig Jahre um sonst Alimente gezahlt hatte.

Conny schmunzelte ihn an und holte eine kleine Tüte mit ein paar Haaren hervor und wedelte Jimmy damit vor der Nase. Er war fassungslos über Connys Machenschaften, aber auch sehr stolz auf sie, wie sie zu ihm steht und ihn unterstützt. Jetzt verstand er die SMS von ihr. Sie erzählte ihm wie sie unfreiwillig Zeuge des Gespräches zwischen Maria und ihm wurde, in dem es um die Vaterschaft ging und somit hat sie sofort reagiert. Jimmy nahm sie zu sich, bedankte sich bei ihr mit einem leidenschaftlichen Kuss.

Conny sagte: *„So und nun wird weitergearbeitet, damit wir bald genug Zeit für uns beide haben!"*

Er schüttelte nur lächelnd seinen Kopf und sagte: *„Womit habe ich dich verdient?"*

Conny genoss es und fing an sich weiter an die viele Arbeit zu machen. Immer wieder sah er sie stolz an, er wusste, sie liebte ihn genauso stark wie er sie.

An diesem Abend waren beide bei Jimmys Mutter zu Essen eingeladen, Conny hatte sie schon mehrmals getroffen und sich mit ihr auf Anhieb gut verstanden. Der unerwartete Besuch von Maria war an diesem Abend Hauptgesprächsthema für alle. Jimmys Mutter hatte die ganzen Jahre mit ihrem Sohn zusammen gelitten, keinen Kontakt zu Maria haben zu dürfen. Dass sich jetzt eine Möglichkeit auftat zu erfahren, ob sie überhaupt Jimmys leibliche Tochter ist, freute sie sich für Jimmy und für Conny. Sie hatte die neue Frau an Jimmys Seite schon lange in ihr Herz geschlossen. Sie bedauerte es sehr, dass ihr einziger Sohn jetzt für immer seine Heimat verlässt, war aber sehr beruhigt darüber zu wissen, dass er mit Conny sehr glücklich ist und mit ihr eine Frau an seiner Seite hat, mit der ihr Sohn, alles schaffen wird.

Eine Woche später übergab Jimmy sein altes Bürogebäude an den neuen Besitzer, er möchte es zum Wohnhaus umbauen und freute sich, dass Jimmy alles fristgerecht übergeben konnte.

Auch die neuen Mieter für sein Wohnhaus waren gefunden. Eine Familie aus der näheren Nachbarschaft erwartet ihr zweites Kind. Jimmy kennt sie schon sehr lange und weiß mit ihnen wird er keine Probleme bekommen. Nach zwei ereignisreichen Wochen fuhren, Jimmy und Conny in ihr gemeinsames neues Leben, in eines, wo Jimmy seine neue Chance nutzen wird, sein Geschäft zusammen mit Connys Hilfe solide ohne Schulden zu führen.

Das Weihnachtsfest 2013 stand vor der Tür, das erste Fest der Liebe mit den Zwillingen Paula und Paul. Die zwei Kids entwickelten sich köstlich. Jedes Mal, wenn Conny sie sah, hatten sie sich wieder verändert und brachten allen sehr viel Freude. Jetzt sind sie fünf Monate alt und Paula bekommt ihr erstes Zähnchen. Peter und Mandy planten ein gemeinsames Weihnachtsfest mit der ganzen Familie.

Jeder schmückte in seinem Haus einen Weihnachtsbaum, zu Mittag aß man bei Peter und John, der seine Leidenschaft als Koch an diesem Tag völlig auslebte.

Am Nachmittag gab es Kaffee, Stollen und Plätzchen bei Mandy und Vicky. Man merkte den Kids an, dass sie sich in jedem Haus sehr wohl fühlen. Auch bei Peter hatten sie ihr eigenes Zimmer. Für sie war es Normalität einmal bei den beiden Vätern zu sein und einmal bei den beiden Müttern. An diesem Weihnachtsfest planten alle Omas und Opas zusammen, mit den beiden gleichgeschlechtlichen Paaren und den Zwillingen im kommenden Sommer einen Familienurlaub zu machen. Sie werden alle zusammen verreisen. Drei Generationen in einem Ferienhaus.

In den Tagen zum Jahreswechsel kam Max zu Conny nach Hause, um mit ihnen alles zu besprechen, was den Vaterschaftstest zu Maria betrifft. Er klärte Jimmy über alle rechtlichen Angelegenheiten diesbezüglich auf. Anfang Januar wird Jimmy die Haare von Maria und seine eigenen in ein Labor senden, wo die Vaterschaft nachgewiesen werden sollte.

Es werden bis zum endgültigen Ergebnis einige Wochen vergehen und Jimmy muss vorerst alle Kosten dafür tragen.

In der Zeit seit dem Jimmy bei Conny eingezogen war, hatte er immer mehr lukrative Aufträge erhalten. Durch Connys Familie, deren Freunde und Bekannte sprach es sich ganz schnell herum das er nicht nur ein genialer Maler, sondern auch ein supertoller Handwerker mit goldenen Händen ist. Seinen Job als Subunternehmer hatte er daraufhin gekündigt. Er musste um alle Aufträge, fristgemäß abzuarbeiten und eine topp Qualität seine Kunden zu liefern, noch zwei Maler in Vollzeit einstellen. Das bedeute ebenfalls einen großen Verwaltungsaufwand. Da er mit dem Verkauf seines Bürogebäudes, den Mieteinnahmen seines Wohnhauses und mit Connys unerlässlicher Hilfe es geschafft hatte, ohne Schulden da zu stehen, stellte er jetzt Conny stundenweise als Bürokraft ein. Er war verdammt stolz auf sie und auf sich wie sich sein Leben zum positiven entwickelt hatte. Wie sich nun sein Karussell zusammen mit Conny, in die richtige Richtung dreht.

An einem Tag im April 2014 ging Conny wie gewohnt zu ihrem Briefkasten, sie stöberte alle Briefe durch, die sie für Rechnungen hielt. Doch es war einer dabei, der anders aussah. Es war der Bescheid über Jimmys Vaterschaftstestes. Sie traute sich nicht, ihn zu öffnen.

Conny legte ihn zur Seite und wartete, bis am Abend ihr Jimmy nach Hause kam. Erst nach dem gemeinsamen Abendessen, als Jimmy seinen Feierabend genoss, ging sie zu ihm und übergab ihn diesen Brief mit den Worten: *„Jimmy, egal was dieser Brief zu* *verbergen hat, ich liebe dich, so wie du bist und werde immer zu dir stehen!"*

Er sah sie verwundert an, sah den Absender und bestand sofort darauf ihn zusammen mit Conny zu öffnen und das Ergebnis mit ihr gemeinsam zu lesen.

Gespannt öffnete er mit zitternden Händen diesen Brief. Es war deutlich zu lesen, dass Jimmy zu 99,9 % nicht der leibliche Vater von Maria ist. Die beiden sahen sich an, konnten es nicht glauben. Conny nahm diesen Brief, in ihre Hände, las noch einmal das Ergebnis. Sprang damit auf, umarmte ihren Jimmy, als wollte sie ihm seinen Kopf abreisen und sagte: *„Jimmy, weißt du, was das bedeutet?"*

Er: *„Ja, dass es in naher Zukunft für Max einen Prozess gegen meine Ex Frau geben wird!"*

Sie: *„Genau Jimmy und Max wird für dich diesen Prozess gewinnen!"*

An diesem Abend feierten die beiden ausgelassen mit einer Flasche Champagner diesen Erfolg. Es bedeute, dass Jimmys Ex-Frau nicht ohne Grund ihm den Kontakt zu seiner „Tochter Maria" verwehrt hatte. Zu der damaligen Zeit verdiente Jimmy sehr gut, ihr Ziel war es nur, obwohl sie genau wusste, wer Marias wirklicher Vater ist, von Jimmy jeden Monat genug Geld zu bekommen. Was sie nicht wissen konnte, dass er jetzt eine Partnerin hat, die auf

Zack ist, und über dreißig Jahre mit einem Rechtsanwalt verheiratete war.

Jimmy füllte im gemeinsamen Schlafzimmer beide Gläser, ging überglücklich zu Conny ans Bett, in dem sie schon erwartungsvoll auf ihn wartete. Sie sprachen über das, was jetzt Jimmy, in nächster Zeit erwarten würde, wenn es zu einem Urteil kommt. Conny wusste aus der Berufserfahrung ihres Mannes, dass in solch einen Fall die betroffene Mutter des Kindes, die unrechtmäßig gezahlten Alimente zum angeblich leiblichen Vater zurückgezahlt werden müssen.

Jimmy stellte beide Gläser auf den Nachtschrank, stützte sich über Conny, regelte mit seinem durchtrainierten Körper sich über sie. Verwöhnte sie mit seiner Zunge an ihren Knospen, die hart nach oben standen. Jede einzelne Bewegung von Jimmys Zunge und seinen Lippen machte Conny völlig heiß. Sie räkelte sich in ihrem Bett aufgeregt hin und her, hob ihren Po weit nach oben, um Jimmys „Bärchen" an ihrer Venus fest zu spüren, doch Jimmy wollte heute alles. Er wollte sie bis zur Erschöpfung lieben und befriedigen. Conny wurde völlig verrückt nach ihm, als sie seinem heißen Atem an ihrer sprudelnden Lusthöhle spürte. Als Jimmy mit seiner Zunge in sie eintrat, spreizte sie immer mehr ihre Beine, hob ihrem Po immer höher. Jimmy spielte zusätzlich mit seinen Fingern an Connys Kitzler, jetzt merkte er an Connys Reaktionen, dass sie gleich wieder zum Abspritzen bereit war. So war es, Conny schrie perverse Wörter zu Jimmy, forderte ihn auf ihr seine ganze Hand zu schenken. Er gehorchte, gab ihr seine gesamte rechte Hand. Jetzt fiel Conny erleichtert und völlig entspannt in ihre Kissen zurück.

Kurz darauf nahm sie Jimmys „Bärchen" und gab ihm, was er über alles liebte. Sie gab ihn ihre ganze Liebe mit ihren Lippen und mit ihrer Zunge. Jimmy lag stöhnend auf dem Bett und lies es geschehen. Jede Lippenbewegung erlebte er heute an seinem Penis wie ein heftiges Gewitter, er erlebte, als Conny mit ihrer Zunge an seiner Kuppe kreiste dieses als das größte Geschenk, was sie ihm geben konnte. Völlig abwesend und im sexuellen Wahn brachte sie Jimmy, zu einer unglaublich starken Erektion mit gewaltiger Kraft spritzte er in ihren Mund und Conny genoss jeden einzelnen Tropfen von Jimmys Saft.

Bevor die beiden in dieser Nacht engumschlungen einschliefen, bedankte Jimmy bei ihr mit den Worten: „*Conny ich liebe dich und ich danke dir, dass du so viel Verständnis für meine damalige Lage aufgebracht hast. Dass du immer an mich geglaubt hast, auch wenn es oftmals sehr schwierig war. Ohne dich wäre ich nicht, dass was ich heute bin!*"

Schlusswort

Conny gründete gemeinsam mit einem befreundeten Psychologen im Mai 2014, eine Selbsthilfegruppe für gleichgeschlechtliche Paare mit einem Kinderwunsch. Zweimal im Monat treffen sie sich, um über Möglichkeiten einer Adoption oder einer künstlichen Befruchtung zu diskutieren. Conny ist als betroffene Oma ein sehr guter Wegbegleiter für diese Paare.

Es macht ihr sehr viel Freude, ehrenamtlich in diesem Bereich anderen Betroffenen zu helfen und sie tatkräftig zu unterstützen. Jimmys Geschäft hat einen soliden und festen Stand im Raum Stuttgart. In regelmäßigen Abständen besucht er zusammen mit

Conny seine Mutter und alte Freunde in Bayern. Er hat es nicht bereut, einen kompletten Neustart für sein Leben und sein Geschäft zu machen. Seitdem er bei Conny eingezogen ist, trinkt er nur noch mit ihr zusammen ab und an einmal etwas Alkohol, sonst nie. Auch interessieren ihn diese Partnerseiten im Internet nicht mehr.

Als Connys Enkelkinder im Sommer 2014 anfingen die ersten Worte zu sprechen, nannten sie Jimmy und den Partner von Max ebenfalls Opa.

Die beiden gleichgeschlechtlichen Paare leben Tür an Tür in ihrem Doppelhaus. Sie erziehen die Zwillinge Paula & Paul gemeinsam.

Diese außergewöhnliche Familie verbringt jedes Jahr ihren Sommerurlaub und das Weihnachtsfest mit allen dazugehörigen Großeltern.

Für die Kids ist es eine ganz normale Sache, dass sie zwei Mütter und zwei Väter haben.

Sie sind zwei aufgeweckte Kinder mit Pfiff und Charme, die überall sehr beliebt und herzlich willkommen sind.

Im August 2014 reisten Peter & John, Mandy, Vicky, Paul & Paula, Max & Nick, Jimmy & Conny und die restlichen Großeltern der Kids zusammen nach Kroatien auf die Insel Krik um gemeinsam, ihren Sommerurlaub zu verbringen. Sie buchten für die insgesamt acht Familien, (sechzehn Leute), jeweils ein Zimmer in einem fünf

Sterne Hotel. Jedes Paar hatte in diesem Urlaub jederzeit die Möglichkeit allein etwas zu unternehmen aber auch zusammen mit den Zwillingen und den Rest der Familie ihren Spaß zu haben. Eine große Familie, die es mit sehr viel Respekt und Verständnis dem anderem gegenüber geschafft hat, dass jeder Einzelne auf seine Art glücklich werden konnte!

Jimmy und Conny sind zwei Menschen, die es geschafft haben, aus einer belanglosen Affäre eine wunderbare Beziehung entstehen zu lassen, um ein erfülltes und glückliches Leben zusammenzuführen. Die beiden erfüllten sich zu Weihnachten 2014 ihren großen gemeinsamen Traum von einem eigenen erotischen Zimmer. Um darin ihre sexuellen Bedürfnisse gemeinsam ausleben zu können. Jimmy baute zusammen mit Conny viele Wochen im Keller ihres Hauses einen ungenutzten Raum aus und richtete ihn mit einer Liebesschaukel, einer großen Spielwiese und allem anderen Inventar was zu erotischen Spielchen benötigt wird ein.
Max verlor, nachdem es bekannt wurde, dass er homosexuell ist, einige Klienten, doch er gewann auch ebenso viele neue dazu!

Nicht ohne Grund sucht ein Mensch, der in einer Ehe oder in einer Lebensgemeinschaft viele Jahre lebt, sich freiwillig einen anderen

Partner, um mit diesem seine sexuellen Träume und Wünsche auszuleben.

Zu viele Paare leben diesbezüglich ein unerfülltes Leben, ob aus Verantwortung oder aus Gewohnheit. Zu viele unterdrücken in solch einer Beziehung ihre Gefühle, um den anderen nicht zu verletzen. Doch wie man heute zu oft sieht, geht dies auf Dauer nicht gut.

Ende

Danksagung

Mein herzlichster Dank geht an
Conny, Jimmy, Peter, John, Mandy, Vicky, Max und Nick
und allen anderen Mitwirkenden,
für ihr Vertrauen und ihre Offenheit,
mit der sie es möglich gemacht haben,
dass ich diese wahre Begebenheit schreiben
und veröffentlichen durfte!
Es hat mir sehr viel Spaß gemacht,
über eure nicht alltägliche Familie
und deren Leben zu berichten!

Ich wünsche Euch von ganzem Herzen,
viel Glück und Zufriedenheit!
Den Zwillingen Paula und Paul eine wundervolle Kindheit
im Kreise dieser außergewöhnlichen Familie.

Eure